AF189676

Marc Fachinger

Im Steinbruch des Herrn

*Bis auf die Namen von Heiligen, Päpsten, Vorbildern, Schauspielern,
Autoren, Politikern und meiner Person sind alle weiteren frei erfunden.*

*Gewidmet sind diese Bekenntnisse allen meinen ehemaligen Schülerinnen
und Schülern, Kolleginnen und Kollegen.*

Bibliografische Information der Deutschen Nationalbibliothek
Die Deutsche Nationalbibliothek verzeichnet diese Publikation in der
Deutschen Nationalbibliografie; detaillierte bibliografische Daten sind
im Internet über http://dnb.d-nb.de abrufbar.

2. korrigierte Auflage 2018
© 2018 Marc Fachinger
Umschlagfoto: privat

Herstellung und Verlag
BoD - Books on Demand Norderstedt
ISBN: 978-3-7448-8802-8

Marc Fachinger

Im Steinbruch des Herrn

Bekenntnisse aus der Berufsschule

BOD Norderstedt

Prolog

Was ist eine Berufsschule?

Manchmal denke ich: ein großes Missverständnis.

Das „Duale System" in Deutschland sieht eine handwerkliche Ausbildung zu einem größeren Teil im Betrieb und zu einem kleineren Teil in der Berufsschule vor.

Irrtümlich werden die „Beruflichen Schulen" manchmal auch als Berufsschulen bezeichnet. Jene umfassen aber mehrere berufliche Schulformen, wie Berufsfachschule oder Fachoberschule und eben auch die Berufsschule. In einigen Bundesländern wird auch von „Berufsbildenden Schulen" gesprochen, oder „Berufskollegs" und „Berufsbildungszentren".

Eigen ist ihnen allen der Berufsbezug: der Bezug zu Arbeit, beruflicher Ausbildung, zum Erwachsenwerden, Geld verdienen, Fragen stellen, sich Ärgern über Vorgesetzte, kollegialem Arbeiten, Frustrationen, gesellschaftlichen Gesichtspunkten, Selbständig werden - und dem Sinn von allem darin.

Die so genannte Stundentafel für den Unterricht an Berufsschulen sieht in der Regel eine Stunde Religionsunterricht oder Ethik pro Woche vor.

Was das soll, fragen sich viele Auszubildende und Ausbildungsbetriebe. Und Religionslehrer an Beruflichen Schulen stellen sich diese Frage auch auf ihre Weise.

11 Jahre habe ich dies als Religionslehrer an einer technisch-gewerblichen Beruflichen Schule auch getan.

Klare Antworten waren selten.

Ab und an blitzten sie auf. Und dann gab es Sinn, in diesem „Steinbruch des Herrn" zu arbeiten.

In the beginning

Da ist diese Klassentür.

In der Hand halte ich einen Schlüsselbund. Sechs Schlüssel erhielt ich von Hausmeister Kunz. Einer von drei kleinen Schlüsseln öffnet mein Fach im Lehrerzimmer. Die anderen beiden sind für Schrank- und Schreibtischtüren gedacht. Zwei der größeren Schlüssel sind zum Öffnen spezieller Fachräume da, der dritte sei ein eingeschränkter Generalschlüssel. Aber keiner dieser Schlüssel scheint zu passen. Gibt es noch einen vierten oder zittern meine Hände so, dass kein Schlüssel ins Schloss passen will?

22 Auszubildende im dritten Lehrjahr Mechatronik hinter und neben mir mustern mich, neugierig, abwartend, Pausengespräche fortführend. Ihnen scheint es egal, ob sich der Unterrichtsbeginn um einige Minuten verzögert. Verzweifelt frage ich den Kollegen, der neben mir gerade den Nachbarraum aufschließt, ob er mir nicht helfen könne. Herr Fritsch ist Leiter der Abteilung II. Meine Schwiegermutter mit ihren herrlichen hessischen Bonmots würde ihn als „en klaane Uffgestumpte" bezeichnen. Aber er hat viel Energie. Seinen rauen Ton höre ich heute zum ersten Mal. „Die Wand bleibt auch ohne Sie stehen!" raunzt er einen Schüler an, der sich etwas zu sehr an die Flurwand angeschmiegt hat.

Ist das ein Traum?

Die Nacht vorher liege ich im Bett und kann nicht einschlafen. Was hat mich eigentlich in diese Situation gebracht?

Könnte ich doch, wie Asterix und Obelix in den „Lorbeeren des Cäsar" die Zeit wieder zurückdrehen, und auf das Abenteuer verzichten - die „große Herausforderung". Vier Stunden vorher hatte ich noch ganz ruhig einen Freund zur letzten Bahn nach Frankfurt begleitet. Wir hatten einen schönen Sommerabend auf der Terrasse unserer neuen Wohnung verbracht. Die Gedanken an den morgigen ersten Schultag konnte ich ruhig an mir abgleiten lassen. Ich war gelassen, und wollte es auch bleiben.

Doch nun liege ich im Bett, kann nicht einschlafen und denke über die Verrücktheit dieser Situation nach: Religionslehrer – katholischer Religionslehrer – an einer Technisch-Gewerblichen Berufsschule mit 26 Unterrichtsstunden; der Traumjob, von dem jeder Junge seit seinem 5. Lebensjahr an wohl träumt. Dabei war es Baggerfahrer, was ich als Siebenjähriger werden wollte. Zumindest sprach ich diesen Wunsch in ein Mikrofon, das unser Klassenlehrer während meiner Grundschulzeit uns vor den Mund hielt.

Warum ich nun an jener Schnittstelle wie bei den „Lorbeeren des Cäsar" stand wusste ich sehr wohl. Wahrscheinlich teilte ich das Schicksal jener, die den Eindruck hatten, dass der alte Arbeitsplatz nicht mehr passte.

Die Nacht will nicht vorbeigehen, irgendwann falle ich doch in einen unruhigen Schlaf.

Nicht sehr ausgeruht verspeise ich mit trockenem Mund das Frühstücksbrot. Eine Scheibe geht gerade hinein

– Proviant für den ersten Schultag, der bis 15.00 Uhr gehen soll: 7 Stunden, eine Freistunde dazwischen, so habe ich es ausgedruckt auf einem A4-Blatt stehen.

Als ich mir diesen Stundenplan vor 4 Tagen anschaute, rätselte ich über die Abkürzungen der Klassen, die ich unterrichten sollte: 10 BKF, 11 BMA, 10 BST, 11 BG, 12 BEI. Ja, meinte Konrektor Knoth: „B" stehe für „Beruflich", und die Kürzel dahinter ergäben den Bildungsgang. „MA" bedeute also Anlagenmechanik, „KF" stünde für Kosmetik und Friseure, usw. Wenige Minuten später drückte er mir drei DIN-A4-Blätter in die Hand. Darauf waren alle Abkürzungen aufgelöst nachzulesen.

Noch ahne ich nichts von den Nächten der kommenden Monate. Nächte, in denen ich bis 1.00 Uhr verzweifelt am Schreibtisch sitze, und mit dem Vorbereiteten nicht zufrieden bin. Kann ich damit meine Schüler vom Hocker reißen und begeistern?

Gott sei gedankt, dass ich an jenem Morgen, an dem mich die laute Stimme des Kollegen Fritsch aus allem Schlafmangel reißt, mit den Mechatronikern im dritten Ausbildungsjahr eine vernünftige und ruhige Klasse vor mir habe. Nach der Vorstellungsrunde überfordere ich sie allerdings etwas. In der Vorbereitung auf diese allererste Unterrichtsstunde hatte ich einen mir interessant erscheinenden Artikel im evangelischen Magazin „chrismon" entdeckt. Irgendein Kollege hatte mir bei der Gesamtkonferenz gesagt, dass in der Mechatroniker-Klasse auch Abiturienten seien. So ging ich in meiner Vorstellung wohl von einer Hochbegabten-Klasse aus. Nachdem allein ein Schüler schon auf der ersten Seite des Arbeitsblattes zehn erklärungsbedürftige Fremdwörter entdeckt und erfragt, merke ich, dass ich die Latte wohl etwas zu hoch gehängt hatte.

In der 7. und 8. Stunde werde ich gleich existentiell gefordert. Ich stehe vor einer Friseur-Klasse im ersten Ausbildungsjahr: „Warum haben wir Religion?“ - „Ich hatte noch nie Religion, sondern immer Ethik.“ - „Wie kann ich mich abmelden?“

Die Antworten auf ähnlich lautende Anfragen an mein Fach muss ich im Lauf der nächsten Wochen, Monate und Jahre immer wieder neu finden und erfinden. Erst langsam werde ich zu Standardantworten und Standpunkten finden.

Doch die Antwort, die ich in dieser 7. Stunde murmele, drückt eine Überzeugung aus, die ich 11 Jahre durchhalte: „Lassen Sie sich doch erst einmal darauf ein...“ Nur der Ton der Überzeugung, in dem ich dies sage, verändert sich.

*

Lehrer werden ist nicht schwer ...

Zwischen Lehrern und Berufsschullehrern gibt es Unterschiede. Das merke ich schnell.

Sie liegen nicht nur darin, dass Berufliche Schulen viel stärker als Allgemeinbildende Schulen in gesellschaftliche Zusammenhänge eingebunden sind. Geerdeter würde ich Berufsschullehrer manchmal bezeichnen. Es ist ein bunter Haufen, der sich da in unserem Lehrerzimmer tummelt.

Und genauso bunt sind auch die Wege, welche die einzelnen Kollegen hin zum Berufsschullehrerdasein hinter sich gebracht haben. Handwerksmeister, pensionierte Kollegen mit einem Stundenvertrag, Studienreferendare, ehemalige leitende Angestellte aus der Industrie, die ein dreijähriges berufsbegleitendes Studium absolviert haben, Ingenieure, normal akademisch ausgebildete Lehrkräfte, Fachlehrer, promovierte Quereinsteiger in allgemein bildenden Fächern. Hochmotivierte junge und ältere Kollegen, einige, die resigniert haben und denen man das auch im Gesicht ansieht, die Gemütlichen, die es nicht eilig haben, zum Unterricht zu kommen, die Hektischen, die einen fast anstecken, manche kommt zu spät, und stöhnt und murmelt über den schlimmen Verkehr, wenn sie um kurz nach 8 die Tür zum Lehrerzimmer aufschließen will. Lernen, früher los zu fahren wird ausgeschlossen. Und eigentlich ist es jeden Tag das gleiche Prozedere.

Die gesellschaftliche Einschätzung von Berufsschullehrern ist wohl eine ganz eigene. Wenn es sie überhaupt gibt. Denn von den Beruflichen Schulen wird auch manchmal von einem „vergessenen" Schulsystem gesprochen. Unter einem Berufsschullehrer stellt man sich vielleicht Henry Wilt vor, der in Tom Sharpes „Puppenmord" an seiner Klasse „Fleisch 1" verzweifelt.

Mein Kollege Werner Engels von der Metallabteilung erzählte einmal die Geschichte von seiner Nachbarin. Sie kamen ins Gespräch, als er ihr half, das Fahrrad ihres Sohnes zu reparieren. Irgendwann kam die Rede auf seinen Beruf. Er sei Lehrer. - Anerkennende Blicke der Nachbarin. -

Die Nachfrage von ihr, an welcher Schule er denn sei. - An der Paul-Kübel-Schule. - Ach, die kenne sie gar nicht. - Das sei die Berufsschule im Industriegebiet. - „Ach so … eine Berufsschule." - Die Betonung und der Blick, welche Kollege Engels von seiner Nachbarin bei dieser letzten Aussage mimisch im Kollegenkreis wiedergab, sind schwer zu beschreiben. Sie gingen in Richtung einer Mischung von Unbegreiflichkeit, Irritation, Mitleid, Missachtung.

Die Erzählung kam mir wieder in den Sinn, als ich zwei Jahre später während einer Erstkommunionfeier neben dem Opa des Erstkommunionkindes zum Sitzen komme. Er habe gehört, dass ich ja nun in die Schule gewechselt habe. Welche Fächer ich denn da nun erteile. - „Nun ja, katholische Religion." – „Hmmh. Und welche Schule ist das?" - „Eine Berufliche Schule."

Ich vermute, dass die Nachbarin des Kollegen Engels genauso schnell das Thema wechselte und der Blick ein ähnlicher gewesen sein muss, wie er mich von der Seite traf. Kollege Henry Wilt unterrichtete nicht Religion.

Immer wieder musste ich mir in 11 Jahren bemitleidende Äußerungen anhören. Kollege Pfeifer munterte mich in den ersten Jahren mit seiner Erfahrung auf: „Als Fachlehrer habe ich es ja schon schwer in dieser Berufsschulklasse. Und bei mir ‚müssen' sie ja. Wie hältst du das als Religionslehrer wohl aus?" Ja, wie halte ich das bloß aus? Genauer gefragt, wie habe ich das 11 Jahre ausgehalten?

*

Der Heilige Stuhl und der Metallertisch

Es braucht gute Zutaten, um das 11 Jahre auszuhalten.
Und eine ist: der „Metallertisch"!

Unser Lehrerzimmer ist durch eine durchgängige Fensterwand nach Südwesten recht hell. Die Helligkeit wird durch die automatisch funktionierenden Jalousien immer mal wieder eingeschränkt, wenn die Sonne zu stark scheint. Es muss einen bestimmten Einstrahlungswinkel oder vielleicht auch Sonnensättigungsgrad geben, und schon brummt der Motor, den man von der außen liegenden kleinen Lehrerterrasse angenehm hören kann, und lässt die Jalousien vor den Fenstern herunterfahren. Man könnte darüber spekulieren, ob Erleuchtungen – welcher Art auch immer – an unserer Schule nicht erwünscht seien. Ich könnte auch darüber philosophieren, welche Einflüsse von außen in unsere Schule hineinzulassen sind und welche nicht.

In weniger sonnendurchfluteten Zeiten gibt es eine finstere Gestalt in unserem Kollegium, deren Name schon erschütternd klingt, welche die Deckenleuchten im Lehrerzimmer zu löschen pflegt, sobald man etwas mehr als die Hand vor seinen Augen erkennen kann. Ich meine gehört zu haben, dass der Kollege ein Energiesparer sei. Jedenfalls hinterlässt er im Lehrerzimmer insofern seine Spuren, dass er nur selten erscheint; nur wenn er erscheint, sind meist keine oder nur wenige Kollegen darin vorzufinden und hinterher ist durch die anbrechende Dunkelheit die Orientierung etwas schwieriger.

Jedenfalls gibt es in jenem wechselweise mal erhelltem, manchmal verdunkeltem Lehrerzimmer zwei etwas kleinere Tischgruppen für jeweils ungefähr 12 Kollegen und zwei größere Tischgruppen für jeweils ungefähr 20 Kollegen, die sich gegenüber stehen. Die größeren Tischgruppen sind einmal den IT- und Elektro-Kollegen am einen Kopfende vorbehalten, am anderen Ende sitzen vereinzelt Deutsch-Kolleginnen. Die andere größere Tischgruppe wird von Eng-lisch-Kollegen und den Pferdewirten in Beschlag genom-men. Das eine der beiden kleineren Sitzensembles ist von der Friseur- und der Maler- und Gestaltungs-Abteilung be-setzt. So bleibt noch der „Metallertisch". Hier versammeln sich vor allem die Kollegen, welche in der schulischen Aus-bildung der Metalltechniker, Industriemechaniker oder Anlagenmechaniker tätig sind. Dass auch ich daran von Anfang an einen Platz gefunden habe, sehe ich auch nach 11 Jahren noch als eine große Ehre.

Diese Ehre des Beisitzers bei den Metallern ergab sich mit dem Zufall, dass ich am Morgen jenes Schlüsselmo-ments meines allerersten Schultags zwei Kollegen mit dem Nebenfach Religion am Metallertisch begrüßen wollte. So nahm ich dort Platz, wurde auch willkommen geheißen und alles schien gut. Bis zu dem Tag, an dem ich auf jenem Stuhl zu sitzen kam, der dem schon bekannten Kollegen Engels vorbehalten war. Ich wusste natürlich zu diesem Zeitpunkt nichts davon, dass er - fast? - immer dort saß. Aber man machte mich darauf aufmerksam, als es schon zu spät war. Ich sah an seinem leicht geneigten Gesicht, dass etwas nicht stimmte. Sein Blick fiel auf meinen Platz, an dem sonst immer er zu sitzen kam: die Stuhlreihe an der Wand, dritter Stuhl von der Tür aus gerechnet, die am nächsten zum Sekretariat liegt. Er konnte sich eine kleine Bemerkung zu mir hin nicht ganz verkneifen, die ich nicht recht wahr nahm. Doch die Kollegen machten mich auf meinen Fauxpas aufmerksam. Der Gedanke keimte in mir auf, dass dies womöglich der „Heilige Stuhl" unserer Schule sein könnte. Ein Hort der Klarheit und Sicherheit. Der Gedanke wurde gesprochenes Wort. Und wer sich biblisch auskennt weiß, dass das Wort Fleisch werden muss. Der „Heilige Stuhl": er stand nun nicht mehr nur im Raum - am Metallertisch - sondern auch in meinen Gedanken. Am nächsten Tag prangte - versehen mit päpstlichen Insignien - das Wort „santa sede – Heiliger Stuhl" auf einem Schild an jenem Platz im Lehrerzimmer, den es so bezeichnen musste. Kollege Engels hatte Humor, ich wusste es vorher, aber eben auch eine gewisse Hartnäckigkeit.

Ein Jahr nach seiner Pensionierung weist Kollege Meier jeden darauf hin, dass jener Platz - Stuhlreihe an der Wand, dritter Stuhl von der Tür aus gerechnet, die am nächsten zum Sekretariat liegt - frei zu lassen sei. Es könne ja jederzeit Kollege Engels wieder hereinkommen. So zeigen sich messianische Endzeiterwartungen in der Paul-Kübel-Schule.

*

Sein Baby, mein Baby

Als mir jemand an meiner alten Arbeitsstelle sagte „Das ist dein Baby", war ich ziemlich beleidigt. Mir war nicht klar, dass das eine Redewendung war. Die Einschätzung gefiel mir nicht.

Nach wenigen Monaten in der Schule weiß ich, dass die Schule „das Baby" unseres Rektors, Herrn Sippel ist. Kollegen erzählten, wie das war, als die Schule vor einigen Jahren neu gebaut wurde. Keine Schraube sei ohne den Blick des Rektors versenkt worden. Existentiell bedeutsam wird dies für mich eines Morgens.

Ich sitze in einem riesigen Klassenraum der Malerabteilung, mindestens 60 Quadratmeter groß, mit 12 Auszubildenden im zweiten Lehrjahr, deren Zahl sich am Ende des dritten Lehrjahres auf sieben reduziert haben wird. Aber auch die heiligen zwölf wirken verloren in dem Raum, und manchmal auch im Unterricht, wenn ich das Gefühl habe, sie langweilen sich ein wenig bei mir. An diesem Morgen allerdings ist Stimmung angesagt, die ich selbst erzeugen werde.

Meine Unterrichtsvorbereitung hatte ich ganz auf die Präsentation einiger Bilder aufgebaut. In diesem meinem ersten (Lehr-)Jahr fehlt mir noch eine gewisse Lässigkeit, Dinge spontan zu ändern, wenn etwas nicht so möglich ist, wie von mir gedacht.

Ich versuche ganz locker den PC einzuschalten, um dann mit den Daten auf meinem USB-Stick die ausgewählten Bilder zu zeigen. Aber der Versuch scheitert schon beim

Anschalten des PC. Denn der PC-Schrank ist verschlossen, und das Schloss kaputt – wie ich bemerke. Aber ich benötige für meinen Unterricht den Beamer, und dazu zunächst den PC. Der Gedanke ist zwanghaft in mir: PC - Beamer - PC - Beamer. Dass es manchmal auch an unserer hochtechnisierten Schule mit annähernd 500 Computerarbeitsplätzen sinnvoll sein kann, den eigenen Laptop mitzubringen, erfahre ich erst später von erfahrenen IT-Kollegen, die das jeden Tag machen.

Auch die Lösung mit einem fahrbaren PC, den ich in einer Ecke finde und herbei schiebe ist keine, da dieser meine Zugangsdaten nicht erkennen will. Mittlerweile habe ich schon eine Viertelstunde meiner Unterrichtszeit herumgebracht. Die Schüler schauen sich das Ganze amüsiert, kommentierend oder abwesend an. Als auch ein Anruf beim Hausmeister – dem guten Schorsch Kunz – keine Lösung bringt, weiß ich nicht weiter.

Hilflos frage ich in die Klasse, ob mir jemand helfen könne. Wahdet – ein großer, kräftiger Marokkaner – lässt sich nicht zweimal bitten. Freundlich, hilfsbereit und interessiert wie sonst in meinem Unterricht schaut er sich die Tür an und ehe ich überhaupt etwas sagen kann, kracht es schon und die Tür ist aus ihren Angeln herausgerissen - und ich habe, was ich wollte: einen zugänglichen PC, in dem ich nun meinen USB-Stick stecken kann.

In diesem Moment trifft Schorsch Kunz ein, mit dem Fachkollegen Karl-Heinz Unger. Entsetzen steht in seinen Augen, angesichts der kaputten Schreibtischtür. Mir läuft es leicht kalt den Rücken herunter. „Oh je, wenn das Herr Sippel sieht!"

Ich meine, nie mehr einen verzweifelteren Ausdruck im Gesicht unseres Hausmeisters gesehen zu haben, als in diesem Augenblick. Ich sehe bildlich schon mein letztes Stündlein schlagen: mich langsam zur Schlachtbank geführt von den Dienern jener großen dunklen Macht, geopfert auf dem Altar der heiligen ungeschriebenen rektorlichen Schulordnung.

In diesem Augenblick ahne ich, was hinter dem „Baby" des Rektors zu verstehen ist, der jede Tür, jedes Schloss, jeden Zentimeter dieser Schule wohl behütet wie seinen Augapfel.

Schon am nächsten Tag hat der gute Schorsch eine Lösung parat. Die Tür wird so hingestellt und drapiert, dass sie intakt aussieht. Mit einem demnächst zu erwartenden Facharbeiter ist schon abgesprochen, dass er die Tür reparieren wird. Noch heute erinnert die mit Silikon am Schloss ausgefugte Schranktür an jene Schreckminuten. Ich stelle mir vor, dass irgendwann in einigen hundert Jahren Archäologen diese Tür entdecken, und sich fragen, welcher Taunus-Ötzi warum wohl seine Hand da im Spiel hatte.

*

Schwingungen - keine positiven

Konflikte gab es anfangs nicht nur mit Schreibtischtüren.

Eine Fachoberschulklasse in Metall - 12 FOM - hatte donnerstags nach zwei Stunden Sport in der 7. und 8. Stunde bei mir Religionsunterricht. Neben gewissen dem Sportunterricht geschuldeten Ausdünstungen waren aber auch noch andere atmosphärische Störungen in der ersten Doppelstunde im Raum zu spüren.

Ein Schüler erging sich darin, die katholische Kirche als lügnerisch, unehrlich und überflüssig darzustellen. Ein Freund, der einmal Theologe gewesen sein soll, habe ihm so einiges erhellt. Jedenfalls entging mir an diesem Donnerstag nicht, dass er eine gewisse Stimmung in der Klasse schürte.

Der zweite Donnerstag mit dieser Klasse nahte. Als ich die Klasse in den Unterrichtsraum hereinlassen wollte, stellte ich fest, dass ein Teil der Schüler fehlte. Genauer gesagt war es über die Hälfte, die fehlte. Boykott von Religion!? So schien es, und einige Schüler bestätigten das indirekt.

Kämpferisch und voller missionarischem Eifer ging ich am nächsten Morgen gleich zum zuständigen Leiter der Abteilung III, Hans Spuhn und schilderte die Lage. Eine Idee hatte ich auch schon im Kopf. Wenn denn einige nicht am Religionsunterricht teilnehmen wollten, dann sollten sie sich für Ethikunterricht entscheiden. Denn aussteigen dürfen und somit zwei Stunden weniger Unterricht haben, sollte keiner. Ich würde für die Ethik-Interessierten schriftliche Arbeitsblätter verteilen, die ich dann jedes Mal korrigieren und bewerten würde. Dies würde parallel zum Unterricht in einem eigenen Raum geschehen.

Da ich bis auf die Klassen des Beruflichen Gymnasiums Religion ausschließlich klassenübergreifend, ohne Ansehen der Religion oder Weltanschauung unterrichtete, gab es für die Schüler nie die - praktische - Möglichkeit, Religion ab und Ethik zu wählen. Das ist eine prinzipielle Gegebenheit und Problematik in vielen deutschen Beruflichen Schulen, die verschiedenen Faktoren, wie beispielsweise auch Religionslehrermangel, geschuldet ist.

Aber mir schien und scheint ein „werteorientiertes" Fach in Beruflichen Schulen unabdingbar zu sein, was auch immer Ausbildungsbetriebe dazu sagen. Deren Meinung hinsichtlich Religionsunterrichts würde ich in den nächsten Jahren noch zur Genüge kennen lernen. Aber dieses Beharren auf einem Fach, das sich mal Religion oder Ethik nennt, und mit Inhalten gefüllt ist, die in der beruflichen Lernfelddidaktik keinen Raum finden und doch für erwachsen werdende junge Leute wichtig sind, wurde mir schon in dieser zweiten Woche zum zu verteidigenden Anliegen.

So überzeugt erschien ich mit Abteilungsleiter Spuhn, der auch gleichzeitig Klassenlehrer jener 12 FOM war, am nächsten Morgen in der Klasse. Ich sprach von einer kindischen Haltung der Klasse und meiner Enttäuschung, dass Schüler, die eine Fachhochschulreife anstrebten, so reagierten.

Ich stellte ihnen die Idee mit Ethik-Arbeitsblättern vor. Es gab eine kurze Nachfrage, wie das genau ablaufen solle und - am nächsten Donnerstag waren alle wieder komplett im Religionsunterricht anwesend.

In der letzten Stunde des Schuljahres meinte Jan, einer der leistungsstärksten Schüler, wir hätten uns doch gut zusammen gerauft.

Der erste große laute Konflikt fand in einer Klasse von Metallbauern im dritten Lehrjahr statt, ein Vierteljahr später. Es war kurz vor Weihnachten, dem Fest des verkündeten Friedens und Endes aller Konflikte.

Mir war diese Klasse schon im Vorfeld als schwierig vorgestellt worden, als ich sie in der zweiten Hälfte des ersten Schulhalbjahres übernehmen sollte. Der zuständige Klassenlehrer erzählte mir davon, wie ein Religionslehrer hier gescheitert sei – und die Klasse hätte dann statt Religion eine Stunde Mathematik mehr bekommen.

Besonders ein Schüler, der intellektuell gar nicht unterbelichtet war, fiel mir auf. Er saß meist in der ersten Reihe, malte etwas vor sich hin, und demonstrierte sein ganzes Desinteresse. Andere aus der Klasse erzählten mir in der ersten Stunde, sie wollten nicht diesen „Bibel-Sch…" und hätten gerne lieber Mathematik. Noch blieb ich „mild und freundlich", wie Astrid Lindgren es einfordern würde. Julius in der ersten Reihe schien bisweilen mit der morgendlichen Dosierung von Alkoholeinheiten Schwierigkeiten zu haben. Sein Klassenlehrer Armin Bergleiter sagte mir gegenüber einmal relativ ungerührt, dass Julius bestimmt eines Wochenendes einmal an einem Baum landen würde. Was er würde, wusste ich nicht, dass er cholerisch sein konnte, erfuhr ich bald. Der Anlass war mir nicht mehr so ganz klar. Ich meine, ihn aufgefordert zu haben, eine Zeitschrift, die er gerade las, wegzulegen. Die heftige Reaktion, die dann erfolgte, war nicht vorherzusehen. Er schmiss das Heft auf den Boden, rannte aus dem Klassenraum und knallte die Tür -

sehr - heftig zu. Es war das erste Mal, dass mir bewusst wurde: „never promised you a rosegarden".

Einige Monate später – die Metallbauerklasse kam zum zweiten Halbjahresblock. Ich hatte mir schon Tage vorher Gedanken gemacht, wie ich diese eine Stunde am Mittwoch in der 5. Stunde mit DIESER Klasse gestalten könne. „Wir wollen kein Religion!" - dieses Verdikt aus dem ersten Halbjahr hallte in meinem Ohr noch nach, und die Erfahrung mit Julius. Ich fasste dann schließlich den Plan, die Klasse pro Stunde ein Arbeitsblatt ausfüllen zu lassen, dieses zu benoten und dabei zu belassen. Dieses Konzept wollte ich der Klasse vorstellen.

Der Gong läutete die 5. Stunde ein. Angespannt öffnete ich die Klassentür. Erstaunlich ruhig kamen die Auszubildenden in die Klasse. Julius war nicht dabei. Ich ließ die Ruhe ein paar Minuten vorüber gehen. Ermutigt schilderte ich meine Eindrücke und meine Situation aufgrund des ersten Halbjahres. Schließlich erzählten einzelne Auszubildende von ihren Vorstellungen. Das ging so hin und her. Schließlich meinte einer: „Fangen wir doch an, Herr Fachinger!" Na dann – ich hatte gut daran getan, in der Hinterhand das Thema „Unerklärliches" dabei zu haben. Und sie fingen Feuer, und ich konnte erzählen von Stonehenge und der Unglaublichkeit, dass Menschen etwas anfingen zu bauen, obwohl sie nie das Ende erleben würden – also für eine „Idee" etwas zu tun – einen „Glauben"? Und so merkte ich schon in diesem ersten Jahr an der Paul-Kübel-Schule, es gibt doch immer wieder die kleinen alltäglichen Wunder, auch nach Konflikten.

*

Alltage

Ein schöner abschließender Freitag vor dem Wochenende scheint sich anzubahnen. Es gilt noch eine Vertretung zu regeln, da ich in drei Wochen mit einer Klasse in die Gedenkstätte Buchenwald fahre. Zusammen mit dem Konrektor sitze ich vor dem Monitor des PC, das Vertretungs-Programm vor Augen, als draußen durch die großen Fensterscheiben seines Büros eine Ansammlung von jungen Leuten zu sehen ist. Kurz darauf kommen zwei Schüler aus einer meiner Berufsschulklassen und erzählen von einem Fahrraddiebstahl. Wieder kurze Zeit später meldet sich auch schon die Kriminalpolizei im Schulsekretariat. Ein Beamter und eine Beamtin prüfen ein Delikt der Hehlerei. Ein Schüler unserer Schule behauptet, sein vor Monaten gestohlenes Fahrrad fahre nun ein anderer Schüler. Das sei an der Fahrradnummer zu erkennen. Der beschuldigte Schüler erzählt, dass er das Fahrrad von einem Onkel eines guten Freundes aus Frankreich geschenkt bekommen habe. Bei einer Datenüberprüfung durch die Polizei stellt sich heraus, dass kein gestohlenes Fahrrad gemeldet wurde. Auch wenn der erste Schüler dies behauptet. Noch ist keine Klärung möglich. Ich stehe die ganze Zeit mit dem Konrektor dabei. Das angeblich gestohlene Fahrrad wird eingeschlossen und bleibt dort, bis die polizeiliche Überprüfung zu Ende ist. Der beschuldigte

Schüler wird belehrt. Am nächsten Tag wird das Fahrrad zurückgegeben. Nichts war es wohl mit einem Diebstahl.

Die Geschichte holt mich ein, als ich den angeblich Bestohlenen ein gutes Jahr später im Religionsunterricht sitzen habe. Er ist mittlerweile bei den Informationselektronikern gelandet. Und als ich ihn im Unterricht so erzählen höre und die Art, sich in den Mittelpunkt zu rücken, ahne ich, dass die Geschichte vom gestohlenen Fahrrad nicht schlecht ausgedacht gewesen sein könnte. Wenige Wochen später kommt er nicht mehr in die Schule, sein Ausbildungsvertrag wird beendet und seine Spur verliert sich wie die eines gestohlenen Fahrrades...

Eine Toilette in der Schule ist wegen Vandalismus geschlossen worden. Eine Attentats-Warnung ging an die Schule. Eine anstrengende Woche geht zu Ende.

Der Amoklauf von Emsdetten wirkt nach. In einigen Klassen spreche ich das Thema „Kriegsspiele" an. In manchen Klassen sind es vier oder fünf Schüler, in manchen über die Hälfte, die „counter strike" spielen.

„Sie reden heute zu viel, Herr Fachinger." Ein Schüler in der Berufsvorbereitung ist es, Jonathan, der eigentlich nie Lust hat, und die Zeit absitzt. Aber irgendwie hat er es manchmal raus. Und ich kann ihm auch nicht böse sein, denn ich halte wirklich gerade einen Vortrag über Hinduismus, und die Klasse versteht mich, glaube ich, in dem Moment nicht, und ich merke es auch.

Was sage ich? „Sie haben recht, jetzt dürfen Sie reden."
Und ich erteile ihm das Wort, die vorgestellte Präsentation
zu Ende zu lesen. Aber alltägliche Wunder gibt es selten, und
Jonathan tut es nicht – schade. Dann muss ich doch noch
weiterreden...

*

Stimmen und Gegenstimmen

Wie gehe ich mit all den Meinungen zu meinem Fach um?
Wie persönlich muss oder auch darf ich sie nehmen?

Natürlich gefällt es mir, wenn mir eine Auszubildende
im Friseurwesen sagt, dass sie sich die ganze Woche auf die
Religionsstunde freue. Der Mechatroniker im 1. Lehrjahr
meint am Ende eines Schulblocks, es sei wieder schön mit
mir gewesen. Ein angehender Metallbauer bemerkt, es sei
noch nie so ruhig in dieser Klasse gewesen. „Obwohl es in
dieser Klasse eher schwierig fällt zu arbeiten und Religion
abgelehnt wird, wurde Religion durch eine Maske verdeckt
behandelt." schreibt ein Anlagenmechaniker am Ende der
Ausbildung. „Sie haben den Stock heraus gekriegt!" sagt mir
ein Informationselektroniker am Ende der Ausbildung.

Da gibt es jedoch die Gegenstimmen, die am Anfang
eines jeden Schuljahres auftauchen: „Ich bin überhaupt
nicht religiös.", „Ich hatte noch nie Reli in der Schule!"
Manchmal wird auch die Fäkalsprache bedient. Wie sieht die
Gewichtung aus?

„Machs bitte spannend am Freitag!" meint Peter Ziegler, ein junger Kollege, der bald zum Leiter der Abteilung III aufsteigen soll, zu mir. „Du hast doch die 10 BES am Freitag?" - Ja, die habe ich. - „Da wollen sich einige von Religion abmelden. Manche von denen haben schon studiert."

Im Lauf der Jahre versuche ich zu akzeptieren, dass ich keine eindeutige Haltung zu meinem Fach einfordern kann. Und manchmal überfordere ich mit meinen Erwartungen wohl auch schlicht meine Schüler. Dann geht es über die bloße Erwartung, sich auf meinen Unterricht einzulassen, hinaus.

Ich erinnere mich, wie erfüllt ich von einer Kirchenorgelführung mit einer Malerklasse im dritten Lehrjahr war, an deren Ende ich für sie „der beste Religionslehrer" war. Wir kamen in die Schule zurück und entgegen kamen mir Teile einer Friseurklasse, die ich am nächsten Tag in der 7. und 8.Stunde unterrichten würde - ohne einen Gruß und mit einem Schuss von Verachtung gingen sie an mir vorbei. Es gibt keine Eindeutigkeiten.

Mit der Zeit lerne ich, dass ich nicht jede Grußverweigerung persönlich nehmen muss. Yves aus der BG 12 schaute mich einige Wochen manchmal morgens wie durch einen Nebel an, wenn ich ihn grüßte und sagte nichts. Als ich ihn vor dem Unterricht einmal darauf ansprach meinte er ganz freundlich: „Wissen Sie, Herr Fachinger, morgens bin ich eben noch müde." Friseurinnen sind vielleicht am späten Vormittag in einem Tief.

Und der Freitag mit der 10 BES lief gut an. Am Ende dieses Schuljahres konnte ich mit deren „Zeugnis" gut in die

Sommerferien gehen. Und selbst die Äußerung „bin nicht so eingeschlafen wie im sonstigen Unterricht" hat doch was für sich.

*

Gedenken

Es ist ein Dienstag im Februar. Morgens um 7.30 Uhr fährt der Bus mit zwei Berufsfachschulklassen, meinem Kollegen Andreas Plumpe, Metall- und PoWi-Lehrer und mir Richtung Weimar, Gedenkstätte Buchenwald. Es ist kalt und es wird ein kalter Tag werden.

Für den weiten, gut drei Stunden dauernden, Weg haben wir uns vorgenommen den Schülern im Bus den Spielfilm „Das Leben ist schön" zu zeigen. Der Film stellt einen Versuch des italienischen Regisseurs und Schauspielers Roberto Benigni dar, das Grauen der Konzentrationslager in die Perspektive eines Kindes zu stellen. Am Ende ruft dieses Kind „abbiamo vinto" - wir haben gesiegt - und weiß um das Opfer des Vaters als Geschenk an sich.

Die Stimmung unter den knapp 50 Schülern ist gemischt. Kurz bevor wir den Ettersberg hinauffahren geben wir noch einige Informationen, auch noch einmal zum Verhalten in der Gedenkstätte. Das Kino der Gedenkstätte, in dem mehrmals am Tag ein 30minütiger Dokumentarfilm zur Einstimmung gezeigt wird, ist an diesem Tag leider geschlossen. Den Film "KZ Buchenwald/Post Weimar" hatten wir jedoch noch im Bus gezeigt.

Mit der großen Gruppe gehen wir Richtung Torhausgebäude. Von weitem steuern wir auf das Eingangstor zu, mit jener zynisch gemeinten Inschrift „Jedem das Seine", die von außen nur spiegelverkehrt gelesen werden kann. Kollege Plumpe informiert noch einmal kurz, welchen Weg wir nun im Folgenden gehen werden und lässt die Klasse zu einem Erinnerungsfoto zusammen kommen.

Plötzlich gibt es Bewegung im Schülerpulk, Stimmen, ich bin irritiert. Eine Frau, die zum Aufsichtspersonal der Gedenkstätte gehört, nimmt einen Schüler mit in ihren Büroraum am Torhaus. Kollege Plumpe geht schon hinterher, ich folge, frage herumstehende Schüler, was denn passiert sei. So genau wissen sie es auch nicht, nur, dass der Schüler Marco Steinhuber irgendetwas Verbotenes gemacht habe. Als ich im Büro stehe erklärt die Dame von der Aufsicht auch schon, was sie gesehen hat. Schüler Steinhuber hat vor dem Torhaus den so genannten „Hitlergruß" gezeigt. Die Polizeistelle in Weimar sei schon informiert. Alle affektartigen Einlassungen von mir und Versuche, das noch zu verhindern helfen nichts. Und der Gedanke kommt, so soll es sein. Eine knappe Viertelstunde später fährt ein Polizeiwagen vor. Mit dem Kollegen Plumpe verständige ich mich. Ich fahre mit dem Schüler zur Polizeistation.

Es wird einige Stunden dauern, bis wir wieder an der Gedenkstätte ankommen. Vor uns liegt eine erkennungsdienstliche Prozedur, die ich so noch nicht kannte. Verhörprotokolle werden gefertigt und der Schüler in das Strafregister aufgenommen.

Auf dem Rückweg mache ich mir mit dem Kollegen Plumpe darüber Gedanken, wie wir die Schulleitung informieren. Irgendwann wird uns klar, dass dies noch heute geschehen müsste. Am späten Abend rufe ich Schulleiter Sippel zuhause an. Schon an seiner Stimme merke ich, dass er etwas weiß. Nicht gerade freundlich kommt dann seine Mitteilung, dass die Presse bei ihm schon angerufen habe. In einer Polizeimeldung sei die Information weitergegeben worden, dass in der Gedenkstätte Buchenwald ein Jugendlicher einer Schülergruppe den Hitlergruß gezeigt habe. Und die Presse habe schnell erfahren, um welche Gruppe es sich handelte. Ich solle morgen früh um 7.30 bei ihm erscheinen, zusammen mit Klassenlehrerin und dem Kollegen. So geschah es.

Was aus diesem Gespräch resultierte?

Eine Klassenkonferenz. Ein Gespräch mit dem Vater von Marco Steinhuber. Eine Stellungnahme, welche Kollege Plumpe und ich formulierten. Eine gerichtliche Entscheidung, dass der Schüler 50 Sozialstunden zu absolvieren habe. Und schließlich, was ich bis heute als ein Geschenk für unsere Schule ansehe: Frau Juskowiak.

Agnetha Juskowiak aus Grudziądz (im Deutschen Graudenz) an der Weichsel war mir schon bekannt, als ich das Maximilian-Kolbe-Werk in Freiburg anrief. Ich äußerte die Bitte, ob es nicht möglich sei, sie als Zeitzeugin für unsere Schule zu gewinnen. Kollege Plumpe und ich wollten das Geschehen in der Gedenkstätte Buchenwald nachbereiten. An unserer Schule einer Frau zuzuhören, welche die unermesslichen Schrecken eines Konzentrationslagers selbst erlebt hatte, könnte eine Wegrichtung sein.

So kam Frau Juskowiak ein halbes Jahr nach dem Vorfall von Buchenwald in die Paul-Kübel-Schule. Und sie kam noch weitere zwei Male.

„Ich bin nicht gekommen, um euch anzuklagen oder um Mitleid bei euch zu finden für das, was damals geschehen ist. Nein, ich kam, um euch zu zeigen, wohin kann Hass den Menschen führen."

So begann sie das, was man kaum Erzählen nennen kann, eher Lebendig machen von Geschichte. Einer Geschichte, welche anfing mit dem ganz normalen Alltag und dem Miteinander von Deutschen und Polen vor dem Jahr 1939. Dann die radikale Änderung der Situation mit dem 1.9.1939 - die ersten 10 Polen, die wahllos öffentlich von der SS zur Abschreckung auf dem größten Platz von Graudenz erschossen wurden - der ehemalige Nachbarsjunge Erwin, der bei der SS „tüchtig gearbeitet" habe und Polen erschoss. Das Lager, Hunde, Viehwaggon, wer auf Märschen zurück blieb wurde mit Gewehrkolben erschlagen, „die Munition ist zu gut für dich". Ein Vater, der seinen Sohn erhängen musste wegen einer gestohlenen Kartoffel. Von viel mehr spricht sie, am Ende von der Kraft der Vergebung.

Ihre Mutter habe immer gesagt: „Gott lädt uns nur so viel auf, wie wir tragen können, und wenn wir es nicht schaffen können, dann kommen wir zu ihm."

Die Tage nach ihrem Besuch rede ich in den Klassen, die ich unterrichte, über die Begegnungen mit Frau Juskowiak. Am Tag ihres Abflugs erscheint in der Lokalzeitung ein Artikel „Junge Leute nehmen mir den Ballast".

Als ich vom Flughafen zurück in die Schule komme, erreicht mich ein Telefonanruf. Ein Herr Wagner sei für mich am Telefon, meint die Sekretärin. Der Name sagt mir nichts. Ein Mann stellt sich kurz vor, und sagt, er habe den Zeitungsartikel über die polnische Zeitzeugin heute morgen gelesen. Das sei ja wichtig, aber … . Ich fürchte oder ahne in diesem Moment, was kommen könne.

Im Lauf des Telefonats stellt sich heraus, dass er Sohn sudetendeutscher Eltern ist, aber – da Anfang 60 – keine Erinnerungen mehr an „die Heimat" hat. Als er mich fragt, wie viele Juden in Deutschland denn vor dem Krieg lebten, ahne ich worauf er hinaus will. Er rechnet mir dann am Telefon vor, dass angesichts von 200.000 ermordeten Juden in Deutschland die Zahl von über 500.000 toten Sudetendeutschen zu beachten sei. Stimmen die Zahlen? Ich weiß es in diesem Moment nicht. Aber ich erwähne, dass die meisten Juden in Osteuropa ermordet worden seien. Allein in Polen knapp 3 Millionen. Ja, ja, sagt er. Aber er fände es wichtig, dass die Geschichte von Flucht und Vertreibung auch ein Thema für eine Schule sei. Was ja stimmt. Wenn nicht leider von den Vertriebenenverbänden die Sicht oft zu einseitig dargestellt würde.

Bei einem nächsten Besuch von Frau Juskowiak - drei Jahre später - lasse ich Schüler der Berufsfachschule aufschreiben, was sie im Gespräch mit ihr gelernt hätten. Einer schreibt: „Ich habe von Frau Juskowiak gelernt, wie schwer es damals für sie und ihre Familie war. Sie wurden nicht immer gut behandelt. Und mit ihren Nachbarn verstanden sie sich auch nicht mehr so gut wie vorher. Sie erzählte uns von einem grausamen NS-Soldaten, dem es sehr viel Spaß gemacht hat polnische Bürger tot zu schießen. Und einer, der sehr hochnäsig mit ihrem Vater umging, obwohl er vom Alter her sein Sohn sein könnte."

*

„Willkommen im Club" - fromme Menschen

Mitten im Reden über Malcolm X fällt mir das franziskanische Tau-Kreuz am Hals eines Schülers auf. Ich weiß, dass das didaktisch-pädagogisch nicht sehr geschickt ist – wobei eine TZI-Regel besagt, dass Störungen Vorrang hätten (was in diesem Fall wohl anders gemeint sein dürfte) – aber ich unterbreche meine Rede. In dieser schwierigen Klasse von angehenden Anlagenmechanikern ist das wahrscheinlich doppelt ungeschickt. Ich frage Stefan, ob er schon einmal in Assisi gewesen sei, aber da wird es schon unruhig.

Am Ende der Stunde stellt sich heraus, dass er nicht nur wegen seiner ruhigen, freundlichen Art und nun seines Taukreuzes aus der 12 BMA-Klasse herausfällt, sondern auch noch christlicher Pfadfinder ist. Sein Stamm heiße „Franziskus".

Zwei Jahre später treffe ich auf Spuren von ihm. In der Klasse BG 11 erzählt Daniel, dass sein Stammleiter eben jener Stefan mit dem Taukreuz sei. Er solle mir Grüße ausrichten.

„Ich habe mich *doch* firmen lassen, Herr Fachinger!" begrüßt mich Caven am Mittwoch morgen. Seine Eltern stammen aus Eritrea, seinen älteren Bruder kannte ich vom Unterricht, und seinen jüngeren Bruder werde ich zwei Jahre später unterrichten.

Caven, morgens eigentlich eher müde, ein bisschen phlegmatisch. So ganz hat er die berufliche Orientierung in seinem Leben noch nicht gefunden. Er wird zwei Jahre später ohne Abschluss in der Berufsfachschule von der Schule gehen.

Stimmt, er hatte mir einige Male von der Firmvorbereitung erzählt. Ich wusste auch, dass er Messdiener war. Warum sagte er mir das nun? Es war ihm wichtig, mir das mitzuteilen. Wie wichtig, merkte ich zwei Wochen später. „Sie haben mir noch nicht zur Firmung gratuliert!" Ja, da hat er Recht.

Nach dem Unterricht in einer Klasse von Friseurinnen im zweiten Lehrjahr kommt eine muslimische Schülerin auf mich zu. Ab der nächsten Woche standen die Zwischenprüfungen an. „Sie beten doch?" fragt sie mich. Ich bejahte. „Könnten Sie dann nicht an den kommenden Montagen für uns beten? Da haben wir die Prüfungen."

Manchmal ist es nervig, wenn ich allein im Lehrerzimmer beschäftigt bin, und es klopft. Noch nerviger ist es, wenn mehrere Kollegen neben mir im Lehrerzimmer sind und beim Klopfen keiner aufsteht. Meist wollen Schüler einen

Kollegen sprechen, etwas abgeben, oder was mich mehr oder weniger aufregt, das Klassenbuch holen, was der entsprechende Kollege oder die Kollegin vergessen hat mitzunehmen. Wundersamerweise sind es fast immer die gleichen.

Heute will ein Schüler aus der Fachoberschule Gestaltung das Klassenbuch holen. Die süffisante Frage liegt mir schon auf der Zunge, welcher Kollege es denn vergessen habe. Da fällt mein Blick auf einen großen „fetten" Rosenkranz, den der Schüler um den Hals trägt. Das Kreuz fast 15 cm groß, dicke Perlen. „Oh, Sie tragen ja einen Rosenkranz um den Hals!" - „Was?" - „Na, das ist ein Rosenkranz!" - „Weiß ich nicht, ist halt stylisch!" - „Ja, das ist eine Art Gebetskette...." - „Weiß ich nicht." - Der Schüler hat das Klassenbuch schon in der Hand, und will wohl nur gehen. Vielleicht war ihm das Gespräch peinlich, ich hatte mich jedenfalls nicht als Religionslehrer geoutet. Ich gebe nicht auf. „Das ist etwas Katholisches!" sage ich noch durch die offene Tür. „Dann passt es ja wieder, ich bin auch katholisch." Und weg war er.

Thornton Wilder hat von Theophilus North als einem „Heiligen wider Willen" gesprochen.

Eugen, ein angehender Informationselektroniker mit russischen Wurzeln, hatte mich – wie es meine Schüler manchmal tun – nach meinem Studium gefragt. Ich hatte das wohl schon in meiner Begrüßung ganz zu Beginn des Schuljahres erzählt. Aber Eugen fragte an diesem Morgen genauer nach. Ob ich wirklich Theologie studiert habe? Ja, wirklich. Ich merkte an seinem Gesicht, wie seine Bewunderung stieg und er schließlich zu mir sagte: „Dann sind Sie ja heilig!" Nun, das musste ich natürlich bestreiten. Ich war drauf und dran, eine davon ablenkende Anekdote zu erzählen, aber ich wollte doch lieber wissen, wie er auf diese Einschätzung kam. Nun, sein Vater habe ihm erzählt, in Russland müssten die Pfarrer viel und lange studieren. Das sei so schwer, Theologie, auch die ganzen alten Sprachen. Und daher habe er vor mir Respekt, ja, und so müsse ich wohl ein Heiliger sein. Der Ernsthaftigkeit seines Blickes dabei konnte ich nicht widersprechen.

*

Medien - wo liegt dieses Land?

„Über ein vielbereistes und vielbeschriebenes Land neuerdings etwas zu schreiben, das interessant wird, dazu gehört ein großes Talent. ... Das Land, von dem ich reden will, liegt sicherlich weit entfernt von Europa. ..." So ironisierte Sepp Schluiferer Anfang des 20. Jahrhunderts das Land Tirol. Ich schreibe über das Land der Meder. Oder Medier?

Manchmal ist es einfach nur gut, wenn die Medien, die man braucht, auch da sind; die eingelegte DVD auch funktioniert, ohne dass man andere Funktionen kennen müsste. Mit der Zeit lerne ich auch den ein oder anderen Kniff kennen - meist von den Schülern - , warum der Beamer zum Beispiel ein ganz verzerrtes Bild zeigt, oder einen gelbgrünen Stich aufweist.

Eine interessante Erfahrung wird mit der Zeit, wie eine Hörerfahrung ruhig macht. Als Alt-Bundespräsident Johannes Rau stirbt, lasse ich einen 18-minütigen Nachruf von ihm in einer Anlagenmechanikerklasse abspielen, den ich am Abend zuvor noch als mp3 heruntergeladen hatte. Es werden 18 ruhige, gespannte Hörminuten.

In einer Fachoberschulklasse suche ich eine Anschauung für Existentialismus. Mir fällt das Hörbuch „Die Pest" von Albert Camus, gelesen von Ulrich Matthes in die Hände. In der nächsten Unterrichtsstunde spiele ich die Szene von Dr. Rieux und Pater Paneloux vor, in welcher sie über eine Schöpfung philosophieren, in der Kinder leiden. Nach 8 Minuten fragt die Klasse, ob sie die Geschichte nicht bis zum Ende hören könnte.

In meiner schwierigen Metallbauerklasse gestalte ich die letzte Stunde mit einer halbstündigen Dokumentation über Dietrich Bonhoeffer anlässlich seines 100.Geburstages. Im Rückblick ist sie die wahrscheinlich ruhigste Stunde in dieser Klasse.

Ich weiß, dass mich gerade in meinem ersten Jahr an der Beruflichen Schule „die Medien" retteten. Ein Film war manchmal das Einzige, was ich in der Vorbereitung auf ein Thema nach verzweifelter Suche noch fand. Mit der Zeit entdecke ich die Vielfalt des Umgangs mit diesem Land.

*

Alles Mystagogie oder was?

„Mystagogischer Religionsunterricht" wurde irgendwann „das Baby" eines meiner Vorgesetzten in der kirchlichen Behörde. In Artikeln und Vorträgen, die sich meist auf die Grundschulen bezogen, wurde die Wichtigkeit seines Anliegens deutlich gemacht.

Ich habe grundsätzlich nichts gegen „mystagogischen Unterricht" einzuwenden. Allerdings habe ich den Eindruck, dass mit diesem Begriff unterschiedliche Vorstellungen verbunden sind.

Mystagogie – ins „Geheimnis" oder auch ins „Unbegründbare" einführen, ja das will ich auch in meinem Unterricht in der Beruflichen Schule. Aber das „Wie" wird mir dazu manchmal abgenommen – auch das ist ja geheimnisvoll genug.

Es ist freitags, die sechste und letzte Stunde. Die Mechatroniker im ersten Lehrjahr sind im Großen und Ganzen eine freundliche Klasse. Es war nicht nur für diesen Freitag die letzte Stunde, die Klasse verabschiedete sich auch für mehrere Wochen bis zum nächsten Blockunterricht und so wollte ich das Thema „Dietrich Bonhoeffer" gut abschließen. Dessen bekanntes Gedicht „Wer bin ich?" hatte ich ausgewählt, und ein Schüler sollte es vortragen. Mehrere melden sich, da schlägt einer vor „wir können es ja abschnittsweise lesen". Und ein Abschnitt nach dem anderen ist nun - ohne dass ich irgendjemanden auffordern muss - von verschiedenen Stimmen zu hören. „Wer bin ich ... bin ich das wirklich

... dürstend nach guten Worten ... bin ich denn morgen ein andrer ... dein bin ich, o Gott." Ruhig – mit selbst gewählten Pausen der Auszubildenden.

„Das war schön!" meint einer spontan. Ja, da war eine gesammelte Stimmung – etwas Geheimnisvolles.

Maler im dritten Lehrjahr – eine Klasse mit 16 Schülern. Ich hatte in der letzten Stunde etwas zum Thema „Religion und Werbung" gemacht. Mir kam der spontane Einfall, religiöse Zeichen und Hinweise in der Stadt zu erkunden, und darauf aufmerksam zu werden.

Die Sonne lacht an diesem Morgen, und ich habe ein paar Ideen im Kopf. Mein Konrektor staunt etwas wegen des beantragten Unterrichtsgangs „religiöse Wahrnehmung". „Wir machen einen Spaziergang." Die Auszubildenden freuen sich vor allem auf eine Zigarette im Freien. Wir kommen zu einer Skulptur über die „drei Hasen", Namensgeber des Industriegebiets, in dem unsere Schule steht. „Drei Hasen" - ein altchristliches Symbol der Dreieinigkeit Gottes. Wir entdecken die „Alfred-Delp-Straße". Alfred Delp - ein Jesuit, der als Mitglied des „Kreisauer Kreises" im Widerstand gegen Hitler 1945 hingerichtet wurde. Wir kommen nach weiteren Stationen am Ende „zufällig" auch an der Jakobuskirche vorbei. Ich will wirklich nur vorbei gehen, aber dann fragt doch einer der Auszubildenden, ob wir uns nicht einmal die Kirche von innen anschauen könnten.

Na, welcher Religionslehrer kann dazu schon nein sagen? Da wird die Gnade gleichsam übermächtig. Und die Unbedarftheit, mit der diese jungen Männer sich die Kirche anschauen, sich selbst ins Geheimnis führen lassen und dann nachfragen erstaunt und freut mich.

*

„Sie hören ... ... Stille"

„Stückwerk ist unser Erkennen" schrieb der gute Paulus. Und Gestammel ist mein Reden, meine ich manchmal den alten Mose zu hören, der von sich sagte, er könne nicht reden. Aber er hatte weit mehr als 20 Berufsschüler vor sich sitzen. Vielleicht waren die Israeliten vor ihrem Auszug aus der Gefangenschaft auch etwas bereitwilliger. Bei mir mag sich auch der ein oder andere gefangen fühlen – in was auch immer.

Die Frage nach der Wirklichkeit. Gibt es das wirklich? lautet die Frage über einem Arbeitsblatt, und dann sind da einige Beispiele genannt. Von meinem Darmstädter Kollegen Dieter Altmann stammt die ursprüngliche Idee. Natürlich ahne ich, dass spätestens am Beispiel „Gott" sich die Geister entzünden können, oder auch die Entscheidung - wirklich oder nicht wirklich - ganz schnell getroffen ist.

Heute kommt in der 11 BMA die Frage von Malte, ob das denn brauchbar sei, wenn man sage, Gott sei wirklich. Ich erzähle ein wenig von meiner Erfahrung, die ich gemacht habe, und auf einmal wird es ganz still, und die Schüler hören zu, obwohl ich zwischendurch sage, dass sie mich vielleicht in dem, was ich sage, etwas abgedreht fänden. Wahrscheinlich können sie das ein oder andere so nicht nachvollziehen, aber sie nehmen es mir ab – das meine ich zu spüren. Sie lassen sich darauf ein. Es geht darum, eine Erfahrung weiter zu erzählen, die trägt und tragen kann, und ihr zuzuhören.

In meinem letzten Schuljahr werde ich im Fernsehprogramm von ARTE auf die Dokumentation „Revolution der Selbstlosen" aufmerksam. Ich bin fasziniert von dem, was da über Forschungen zum schon im Babyalter angelegten selbstlosen Handeln des Menschen gezeigt wird. Bei den Elektrikern im dritten Lehrjahr habe ich zuletzt an dem Thema „Konflikte und Krisen" gearbeitet. Es ergibt sich an diesem Montag in der 5./6. Stunde, dass ich von diesem Film erzähle. Die Dokumentation läuft am Ende auch darauf hinaus, dass Meditation selbst gewalttätige und traumatisierte Schüler in Schulen positiv verändern kann. „Das sollten wir auch mal machen, Herr Fachinger."

Schon einige Male meine ich mich an solche Sätze erinnern zu können, aber es fehlte die Konsequenz, von beiden Seiten. Diesmal sage ich für den nächsten Unterrichtsblock in drei Wochen zu.

Ich bereite alles vor, eine Klangschale, Musik, wir gehen in einen anderen Raum. Die dann gemachte Erfahrung von Meditation und Stille - sie will auch drei und sechs und neun Wochen später am Anfang der Stunde von den Auszubildenden wiederholt werden.

In der 10 BI-2 zeige ich zum Thema „Religion im Film" den zehnminütigen Beginn des Films „Die große Stille". Der

Regisseur Philip Gröning hat diesen dokumentarischen Spielfilm in der „Grande Chartreuse", dem weltweit ältesten Kartäuserkloster, gedreht. Es ist ein einzigartiger Ort der Stille. 2005 kam der Film in die Kinos.

Nach einigen Minuten merke ich, wie es irgendwann beginnt unruhig zu werden. Doch ich bin erbarmungslos und lasse den Filmausschnitt bis zum Ende laufen. „Das kann doch kein Mensch aushalten, da wird ja nichts geredet, reden die nie was? ‚...'" Wahrscheinlich ist es schwerer, der Stille zuzuschauen als sie auszuhalten.

Am Nachmittag habe ich Besuch vom Weihbischof. Die Anlagenmechaniker im dritten Lehrjahr fragen, ob er schon einmal Gott begegnet sei. Er erzählt von Gebet und Meditation, dem Stillwerden, was so wichtig sei, um Begegnung mit Gott zu ermöglichen.

Angesichts der Erfahrung vom Vormittag frage ich mich: Wie sollen es junge Leute heute lernen? Wie kommen sie in diese Stille hinein?

Mir fällt ein, dass gerade an Montagen, aber es gibt auch andere Tage - meist in der ersten Stunde, oder auch der dritten direkt nach der Pause - es anfangs ganz still ist in der Klasse, wenn ich begrüße und einiges zu Beginn sage. Ich frage mich dann oft, während ich rede und diese Stille spüre, wie ich sie halten kann, diese Aufmerksamkeit oder auch einfach nur Ruhe. Manchmal frage ich mich schon beim Reden, welches Wort wird es sein, welche - ausgedehnte - Bemerkung, die wieder Unruhe in diese Klasse hineinbringt?

Ich werde es wohl nie herausfinden. Aber trotzdem genieße ich in einem solchen Moment die Stille.

*

Bin ich in einer Gießkanne?

Wahrscheinlich hing die Schulleitung meiner ersten Schuljahre noch an altvorderen Vorstellungen, dass die Menschheit aus einer Art Urschlamm geformt wurde. Es sind ja auch urbiblische Vorstellungen, dass der Mensch aus Erde gemacht ist. Die gesamte Erde muss irgendwie befeuchtet gewesen sein, damit auf ihr etwas Rechtschaffenes gedeihen konnte. Wasser als Lebensprinzip in allen Belangen.

Heute scheint mir, dass solcherart Überlegungen meine Schulleitung zum Gießkannenprinzip greifen ließ, wenn es um die Setzung des Faches Religion im Stundenplan ging.

Ich stelle mir das so vor: das Ende der Sommerferien naht und die Schulleitung merkt, dass sie in großen Teilen vergessen hat, das Fach Religionslehre im Stundenplan zu verankern. Glücklicherweise aber ist die Stundentafel in der 11 BM-1, der 12 BMI und der 13 BMZ und wie die anderen Klassen heißen noch zu wenig gefüllt, da fehlen noch ein bis zwei Stunden, damit die Stundentafel mit 12 Stunden abgedeckt ist. Und in ihrer Güte hebt die allmächtige Schulleitung die neben ihrem Schreibtisch mit dem riesigen Ledersessel stehende Religionsgießkanne und siehe da – sie gießt – und sie spricht: „Es werde Licht!" und es ward Licht in der

Stundentafel und im Stundenplan. So ist es. „Ist es so?"
würde Erich Kästner zurück fragen.

*

Aller Welt Freund?

Feindbild zu sein fällt mir schwer.

Das war an meiner vorherigen Arbeitsstelle schon so,
an der ich mit vielen verschiedenen Menschen zu tun hatte.
Manchmal meinte ich etwas ironisch, wenn ich auf die Zu-
friedenheit mit meiner Arbeit angesprochen wurde: „Die
Arbeit macht Spaß, wenn nur die Leute nicht wären."

Feindbild von Schülern zu sein ist vielleicht das Los
vieler Lehrer. Und Freund der Schüler sein zu wollen, wie
eine Kollegin mal meinte, kann nicht das Hauptziel sein.

Am Freitagmorgen begegne ich bei meinem Aufsichts-
gang Alima. Montag vor einer Woche gab es einen heftigen
Konflikt mit ihr im Unterricht, dessen Ursache ich im Nachhinein nicht mehr genau nachvollziehen konnte. Es kam
soweit, dass ich sie aus dem Unterricht ausschloss.

Die Klassen der Berufsvorbereitung bedeuten für die
meisten Kollegen – vielleicht sogar insgeheim für alle –
zeitweise eine gewisse Qual. Der Großteil der Schüler kommt
von Förderschulen und die Unterrichtsmotivation ist meist
gering. Montagmorgens ist sie wahrscheinlich am niedrigs-
ten. Alima ignoriert mich seit jenem Montag, den Montag
drauf erscheint sie gar nicht im Unterricht, wobei sie vorher
auch nicht durch regelmäßigen Besuch aufgefallen war.

Freitagmorgen nun sehe ich sie mit einem anderen Schüler an einer Tür stehen. Sie schaut weg, ich sage „guten Morgen!" und im Weggehen höre ich von ihr irgendein undefinierbares Zischen in meine Richtung. Ich gehe zurück und frage „War da was?" Wobei sie nur „Nein!" meint.

Im Weggehen befällt mich ein unreifer Gedanke. Sollte ich zurückgehen und sie, die sich als gläubige Muslim im Unterricht ausgegeben hat und ein Kopftuch trägt, fragen, ob im Koran etwas von Feindesliebe stehe. Ich weiß es in dem Moment selbst nicht und eine eindeutige Antwort gibt es wohl auch nicht. Irgendwas stößt Alima ab, ich merke es, und es ist nicht reflektiert.

Wie viel Wut und Zorn ist in manchen Schülerinnen und Schülern – woher auch immer; manchmal kann ich es erahnen.

„Aller Welt Freund" hat Jurek Becker einen seiner Romane benannt. Das klingt ein wenig paulinisch, allen alles zu werden.

Kollege Petermann kommt am Freitag nach der 6. Stunde im Lehrerzimmer zu mir und meint mit seinem leichten spitzbübischen Lächeln, ich sei ja ein ganz schön böser Lehrer. Luis von der 11 BST-1 hätte sich furchtbar über mich erregt, weil ich ihn angeschrien hätte.

Nun, laut war ich schon – auch bewusst - geworden in dem Moment, in dem er sich seelenruhig seine Brotdose aus dem Rucksack nahm und anfangen wollte, sein Brot zu verzehren. Er habe in der Pause vergessen, sein Brot mitzunehmen und vorher keinen Hunger gehabt. Ja, ich weiß, wie schwer er sich mit dem Fach Religion tut, und es eigentlich „hasst", wie er einmal sagte.

Pawel ist davon überzeugt, dass ich ihn hasse. Auch im Einzelgespräch, in dem es um die Zwischennoten geht, und ich ihn zwischen 4 und 5 ansiedele, gelingt es mir nicht, ihn davon zu überzeugen, dass ich keinen Schüler hasse. Der Begriff „Hass" scheint bei ihm wohl anders belegt zu sein als bei mir. Zweimal habe ich ihn vom Unterricht ausgeschlossen. Er fühlt sich ungerecht behandelt. Das ist es wohl. Und das fühlt auch Lucas im BG. Er hätte sich mündlich auf 12 Punkte eingeschätzt, ich sehe ihn in meinem Notenbild nicht ganz so stark. Auch wenn ich versuche, meine Sicht zu erklären bleibt er enttäuscht.

Mit Enttäuschungen müssen meine Schüler leben, ich aber auch. Das ist nicht immer einfach auszuhalten. Ein wenig will ich wohl doch „aller Welt Freund sein".

*

Friseurinnen - keine Friseusen

„Ich will zehn nackte Friseusen." An diesen Liedtext erinnerte mich ein Freund, nachdem ich ihm erzählt hatte, dass ich in der Berufsschule auch Friseurinnen unterrichte. Ich habe mir das Lied bis heute nicht angehört. Von einem Mickie Krause stammt es, ich will es mir auch nicht anhören.

Man mag ja Vorurteile gegenüber Friseurinnen pflegen wie man will. Eines kann man sicher nicht sagen: dass sie gefühllos seien. Dieses Gefühlspendel kann in die eine, wie auch immer geartete Richtung, wie auch in eine andere ausschlagen.

Bei der Themensuche fürs neue Schuljahr setzt sich eine Schülerin ganz stark für das Thema „Selbstmord/-tötung" ein. Im Hinausgehen erzählt sie mir „beiläufig", dass ihr Vater sich vor einem halben Jahr umgebracht habe. Zur nächsten Stunde, eine Woche später, habe ich die Abstimmungszettel über die Themen ausgewertet, und „zufällig" schlage ich vor, einige Themenwünsche zusammenzufassen. Und am Ende bleibt dann als ein Thema auch die Frage nach dem Suizid offen.

Nach dieser Stunde spreche ich die Schülerin an. Sie beginnt mehr zu erzählen, wie ihre Familie mit dem Suizid des Vaters umgehe.

Es ist eine Klasse des 2. Ausbildungsjahres von Friseurinnen, Donnerstag, 3. Stunde. In der letzten Woche hatte ich das Thema „Tod und Sterben" mit einigen Bildern eingeführt, die in Ruhe angeschaut und später kommentiert wurden.

Bei einem Bild aus einem Altersheim bleiben wir zunächst hängen. Ein alter Mensch liegt mit angezogenen Beinen auf seinem Bett. Ein kleiner Lichtstrahler an der Wand erleuchtet das dunkle Zimmer. Nur schemenhaft ist der alte Mensch zu erkennen. Ist er tot? Liegt er im Sterben? Ein Kreuz hängt über dem Bett an der Wand.

Marina erzählt davon, dass ihre Uroma in ein Pflegeheim gebracht worden sei. Ihre Oma hätte sie lange gepflegt, aber dann nicht mehr gekonnt. Und ihre eigene Mutter hätte keine Zeit, weil sie arbeiten müsse.

Marco, ein gebürtiger Bayer, sagt, dass er alles tun würde, um seine Eltern zu pflegen, wenn dies einmal der Fall sein sollte.

Ein „Streitgespräch" scheint sich zwischen beiden zu entwickeln, was „richtiger" in einem solchen Fall ist. Da beginnt Aaina, die ansonsten kaum etwas im Unterricht sagt und meist nur zuhört oder vor sich hin malt, recht massiv und emotional zu erzählen, wie sie vier Jahre ihre Mutter gepflegt habe. Eines Tages sei ihr Bruder ins Zimmer gekommen und hätte ihr gesagt, es sei besser, wenn die Mutter in ein Pflegeheim komme. Die Vehemenz, mit der sie ihren Bruder aus dem Zimmer warf, meine ich fast körperlich in ihrer Erzählung zu spüren.

Und dann kommt – der Gong zum Stundenende. Ich merke, dass ich irgendeinen Abschluss finden müsste. Dann höre ich den Schlüssel im Schloss der Tür und die hereinkommende Fachkollegin „Guten Morgen" sagen „... bitte die Fachbücher herausholen und die Seite 32 aufschlagen, wir ...".

Manche religiösen Einstellungen meiner Schüler erschrecken mich. In der Friseurklasse im ersten Lehrjahr stand das Thema „Schwangerschaftsabbruch" im Unterricht. Wir hatten uns den Kurzfilm „hellblau" angeschaut, der von einem Paar erzählt, dessen künftiges Kind behindert sein würde.

Als wir über den § 218 reden, geht es um die so genannte „kriminologische Indikation". Straffrei bleibt da ein

Schwangerschaftsabbruch, wenn ein Mädchen oder eine Frau vergewaltigt wurde. Arjona sagt auf einmal, aber dann dürfe doch trotzdem kein Schwangerschaftsabbruch erlaubt sein. Das Kind sei doch gottgewollt. Nun wollte ich sie als Muslima nicht bloß stellen. So meinte ich, von meinem Glauben aus könne ich mir keinen Gott vorstellen, der eine Vergewaltigung wollen könnte. Sehr wohl das Kind, das dort entsteht.

Unwillkürlich musste ich an einen Wochen zurückliegenden Fall denken, als in Brasilien - so meine ich - ein junges Mädchen exkommuniziert wurde, nachdem es vergewaltigt worden war und abgetrieben hatte. Der Vatikan hatte Gott sei Dank seinerzeit von einem unbarmherzigen Bischof gesprochen.

Zum dritten Mal will ich eine Fahrt in die Gedenkstätte Hadamar durchführen. Zum dritten Mal sollen wieder Friseure – diesmal sind es allein drei Friseurklassen – mit dabei sein.

Im Vorfeld äußern einige Auszubildende Skepsis, ob sie mitfahren dürften. Ihre Betriebe fänden diese Idee gar nicht gut.

Die Idee zu dieser Fahrt war aus dem Unterrichtsthema „Menschenwürde" erwachsen, welches sich nach einer von den drei Begegnungen mit Frau Juskowiak ergeben hatte.

Bewusst setzen Kollegin Duffner und ich ein Schreiben an die Auszubildenden und die Betriebe auf, dem zu entnehmen ist, dass es um einen verbindlichen Schultag gehe. Eine Erklärung des Inhalts dieser Fahrt und Bezugnahme zum Friseurberuf betonen wir darin eigens. Doch an dem Tag selbst dürfen einige Auszubildende nicht mit, d.h. sie fehlen unentschuldigt.

Einige Ausbildungsbetriebe hatten ihren Auszubildenden gesagt, diese Gedenkstättenfahrt sei „sinnlos". Eine Auszubildende muss sich einen halben Tag Urlaub nehmen um mitzufahren. Schulrechtlich sind wir vollkommen auf der sicheren Seite. Es gibt auch keine Grundlage auf ein „Recht" des Betriebes für den halben Arbeitstag eines Auszubildenden. Aber die Forderung einer Ausbilderin, die im Vorstand der Kreisinnung ist, spitzt das Ganze noch zu: die Schule solle doch bitte den Ausfall finanziell vergüten.

Ein Ausbildungsbetrieb verweist schriftlich darauf, es reiche „mit diesen Veranstaltungen" und lehnt die Teilnahme an der Fahrt ab.

Mir reichte es auch. In einem Brief bat ich mit den Kolleginnen der Friseurabteilung die Innung um eine Stellungnahme, wie sie denn „allgemeinbildende Maßnahmen", im besonderen Gedenkstättenfahrten, sähe.

Diesen Brief las ich zur Information in den drei betroffenen Friseurklassen vor. Er wurde zum Auslöser von massiven Beschwerden der Auszubildenden. Ein Auszubildender, der in seinem Betrieb – jeweils nach eigenen Worten – nichts lerne, bekam von seinem Chef zu hören: „Da unten sitzen drei Männer, die sind in einer Stunde fertig, und danach wartet die nächste Kundin."

Einige müssen schlimmste Arbeiten erledigen, arbeiten weit über die vorgeschriebenen Stunden hinaus. Andere Auszubildende werden so eingeschüchtert, dass sie nur mit

Bauchschmerzen in den Betrieb gehen und „das eine Jahr noch aushalten", um nur eine Ausbildung beendet zu haben. Die Bezahlung für Friseure ist ein Hungerlohn. Am Ende der Stunde dachte ich an moderne Formen von Ausbeutung und Versklavung.

Und dann „schlug das Imperium zurück". Es kam die Antwort der Innung. Sie kündigte sich unheilvoll über Schulleiter Sippel an. Ihn hatten wir - leider - vergessen endgültig zu informieren. Ich hatte ihm diesen Brief zwar angekündigt, aber weniger die Inhalte. Nun hatte der Kreisinnungsmeister sich in einer Antwort an den Schulleiter und die Friseur-Abteilung bitterböse beklagt. Es würde sich hier um Missverständnisse handeln, er sei für Gespräche aber immer offen.

Ein halbes Jahr später in einem Niedernhainer Cafe. Abteilungsleiter Spuhn, der Kreisinnungsmeister samt zwei Kolleginnen, die Fachbereichsleiterin für Friseure und ich sitzen zusammen. 3:3 also das Verhältnis. Ich stelle das Anliegen der Gedenkstättenfahrten vor, aber auch allgemein die Notwendigkeit von Religionsunterricht an der Berufsschule. Es ist ein „ganz nettes" Gespräch.

Das langfristige Resultat: im darauf folgenden Schuljahr unterrichte ich keine Friseurklassen mehr. Ich vermute hinter dieser Maßnahme meinen Schulleiter, welche er wohl dem Kreisinnungsmeister versprochen hatte. Es blieb eine Vermutung. Aber zur Tatsache wurde, dass ich seit diesem Schuljahr und dieser Erfahrung bis zu meinem Abschied keine Friseurklassen mehr unterrichtete.

Es gibt den schönen Cartoon, auf dem man einen Kellner sieht, der schon leicht grün im Gesicht, erschöpft, mit hängender Zunge, den Kopf zu Boden gerichtet vom Koch angesprochen wird: „Mensch, Heinz, wenn der Gast sich beschwert, musst du argumentieren, nicht kosten...“

Argumentieren, wenn sich Ausbilder beschweren, warum die Auszubildenden denn Religion im Berufsschulunterricht hätten. Bei den Friseuren schien dies am schwersten. Doch manche Religionsstunde müsste Argument sein.

Wenige Wochen nach dem Treffen im Niedernhainer Cafe erzählen einige Auszubildende im 3.Lehrjahr zum Thema Tod und Sterben von Erfahrungen im Betrieb, von Kundschaft, tauschen sich gegenseitig aus, fragen sich gegenseitig, was man da so machen könne.

Eine Stunde später, Auszubildende im 2. Lehrjahr, es geht um Pflege, Kranke, Alte – auch da Beispiele von Kunden in den verschiedenen Friseursalons. Wenn das nicht „anwendungsorientiert“ ist. Dieses Wort lernte ich in der Nachbereitung der Schulinspektion. Anwendungsorientierung sei wichtig für den Unterricht an Beruflichen Schulen. Die Friseur-Innung sollte das auch lernen.

*

Wofür brauche ich eine Religion? Frage und Bekenntnis

Wenn es auf das Ende eines Schuljahres zugeht drängen sich mehr und mehr die Fragen nach den Zeugnisnoten auf. Klassenlisten liegen in meinem Fach, in welche ich die Religionsnoten eintragen soll oder per Mail kommt die Anweisung von Kollegen, Noten in ein entsprechendes Programm einzutragen.

Am Anfang eines Schuljahres sage ich zwar immer, dass die ganze Bandbreite von 1 bis 6 auch für den Religionsunterricht gelte, aber in der Regel bewegen sich meine Noten zwischen 1 und 4. Und manchmal auch nur zwischen 1 und 3. Aber ich habe auch schon 6er für Nichtanwesenheiten oder 5er für minimale Anwesenheiten und entsprechende mangelhafte mündliche Beteiligung gegeben.

Manchmal stehen Schüler in meiner Beurteilung zwischen zwei Noten und relativ schnell hat sich für mich die Lösung ergeben, dass ein Schüler noch eine Zusatzarbeit erstellen muss, wenn er die bessere Note haben möchte. Es sollte ein möglichst persönlich bearbeiteter Text sein, der nicht mit „copy and paste" zu erledigen ist. So lautete eine Aufgabenstellung „Wofür brauche ich Religion?"

Einen Schüler aus einer Berufsschulklasse im ersten Lehrjahr, der eher still und zurückgezogen wirkte, aber sich teilweise mündlich beteiligte, hatte ich zwischen 2 und 3 eingeschätzt, und auch ihm die Möglichkeit eingeräumt, einen Text zu der Frage zu schreiben. Einige Tage später schickte mir Sorena per Email einen Text. Wie ich sofort merkte, war dieser Text sehr privat. Er sehe sich selbst als Ausnahmefall und wollte mit seinem Text auf keinen Fall ein falsches Bild seiner Religion vermitteln. Aber ich könne die Informationen aus seinem Text anonym nutzen.

„(...) Meine Eltern bzw. mein Vater ist ein extrem religiöser Mensch. Das hängt damit zusammen, dass mein Großvater sich zu einer bestimmten Religion entschieden hat und bei uns ist es so, dass die Nachfahren sozusagen die Religion erben und sie ihren Nachfahren weitergeben. Meine Mutter ist schwerhörig und aus diesem Grund war es auch eher der Vater, der uns wie er es für ‚richtig' hält erzogen hat.

Meine Kindheit war wirklich nicht leicht. Wenn wir etwas, was in seinem Sinne schlecht war getan haben wurde laut geschimpft und manchmal auch die Hand gehoben. Diese Erinnerungen kann man nicht vergessen und bleiben ein Leben lang.

Vielleicht können Sie sich erinnern was wir im letzten Unterricht besprochen hatten, wir haben über Probleme geredet. Und eines kann ich Ihnen versichern solche Probleme welche ich und meine Geschwister hatten hat nicht jeder.

Mein ganzes Leben basierte nur auf unserer Religion. Unsere Ausdrucksweise, also die Sprache, der Kleidungsstil, der Tagesablauf, einfach alles.

Ich möchte nicht sagen, dass ich meine Religion verleugne, nein im Gegenteil ich glaube sogar sehr daran, nur nicht so wie es mein Vater tut.

Kommen wir zur eigentlichen Frage, wofür brauche ich Religion. Also ich bin von meiner Person her schon sehr religiös, wenn ich sagen würde ich sei nicht religiös oder ich bräuchte keine Religion wäre ich ein Heuchler. Wieso ich an meine Religion glaube hängt von sehr sehr vielen Begebenheiten und sehr vielen anderen Dingen ab. Jetzt wo ich 22

Jahre alt bin, habe ich begriffen, dass jeder einen ganz individuellen Lebensgang hat. Der eine hat viele Probleme und muss damit klarkommen und der andere etwas wenigere.

Aber kommen wir noch mal zur Frage zurück, wofür brauche ich die Religion. Ich brauche sie, um die Welt, um das Leben etc. zu verstehen, ohne Religion würde für mich das Leben keinen Sinn ergeben. Ich glaube sehr fest an meine Religion auch wenn ich manche Sachen vernachlässige. Da ich auch sehr stark an einen Gott glaube, muss ich an meine Religion glauben, denn durch sie finde ich die Nähe zu Gott und kann ihn wenn ich Probleme habe und sei es irgendein Thema um Hilfe bitten.

Wenn jemand nicht an eine Religion glaubt dann ist das sein gutes Recht, solange jemand im Herzen ein ‚guter‘ Mensch ist, wird er so glaube ich dafür belohnt. Und darauf kommt es meiner Meinung nach auch an, dass man im Herzen ein guter Mensch ist, dass man gutes für andere Menschen will. Ob Jude, Muslim oder Christ etc. spielt in diesem Fall keine Rolle. Ich habe schon sehr viel erlebt und auch sehr sehr viele verschiedene Menschen ‚erlebt‘ und kann zum Schluss nur sagen, dass Religion ein sehr fester Bestandteil in meinem Leben ist, den ich auch wenn ich wollen würde nicht wegdrängen könnte.“

*

Alles Gott oder was?

Heute kommen einige Berufsfachschüler mit Rosen in den Unterricht. Es ist Valentinstag. Vielleicht wirkt dieser Heilige heute morgen anders als ich denke. Ich komme im Unterricht auf die Himmelfahrt Mohammeds am Felsendom von Jerusalem zu sprechen. Ein Schüler stellt unvermutet die Frage, warum es das heute nicht mehr gebe, dass Menschen in den Himmel gehen.

Ein ganzes Reich von Fragen und Glauben tut sich auf einmal auf. Da ist der Opa des Schülers, langjähriger Küster, der einfach umgefallen und nicht in den Himmel gefahren sei. Sind die Erzählungen von damals wahr?

Manchmal ist es mir, als stünde ich auf einem hohen Felsen und schaute hinab in die Tiefe, wissend, dass ich springen sollte, ohne zu wissen, was danach kommt. Worauf lasse ich mich ein, wenn ich dieses große Reich der Fragen und des Glaubens betrete? Wie selten öffnet sich aber auch diese Tür? Und manchmal habe ich diese Tür schnell wieder geschlossen.

Die Frage nach Gott wird manchmal direkt gestellt. Manchmal begünstige ich es, wenn ich z. B. bei der Frage nach Wirklichkeit, wie schon geschehen, auch die Frage nach der Wirklichkeit Gottes stelle. Ist Er messbar? Wie weit ist Er wirklich?

In der 12 FOM haben wir dazu einen regen Austausch. Ist Gott das Gewissen, ist Glaube insgesamt nicht etwas

Sinnvolles für die Menschen? Justin meldet sich, aber er will wissen: was glauben denn Sie?

Manchmal gebe ich gern Auskunft über meinen Glauben, manchmal tue ich mir auch schwer. Vielleicht auch weil ich von mir weiß, wie predigend ich manchmal sein kann.

Aber diesmal nehme ich die Frage an. Ich erzähle von meiner eigenen persönlichen Erfahrung, und ergänze die rabbinische „Vielleicht ist es doch wahr..." - Geschichte.

Am Ende bleiben noch drei Schüler im Raum, und fragen nach. Einer erzählt vom Selbstvertrauen und wie weit Vertrauen auch in sich selbst wichtig sei. Was sei, wenn ich mein Vertrauen in mich, mein Leben, meine Aufgabe verloren habe, keinen Boden mehr unter den Füßen sehe. In solchen Begegnungen merke ich, dass ich „mehr" sein will als nur ein Lehrer, der „Inhalte" vermittelt. Ich will diesen – in diesem Fall drei – jungen Leuten Vertrauen vermitteln, in ihr Leben, in ihre Begabungen, in Freunde und Familie und Partner, und vieles mehr.

*

Sternstunden

„Verweile doch, du bist so schön!" oder „Lass uns drei Hütten bauen!" Bisweilen ergeht es auch mir so wie Goethe oder Petrus auf dem Berg Tabor.

Ich möchte die Stimmung, die im Moment da ist, so lange wie möglich festhalten. Möchte den fesselnden Moment, der anscheinend glückt, ausdehnen und weiter spinnen, dass er gar nicht mehr aufhört – bis dann der Pausengong alles zum Ende bringt.

Ich höre mich wie ein Außenstehender, sehe mir zu, wie ich die Frage eines Schülers aufnehme und spontan eine Antwort entwickele, ohne zu wissen, wo sie hingeht.

Ich sehe und höre mich, wie ich manchmal schon beim Starten versage, ein falsches Beispiel verwende, was nicht passt, und sehe die Klasse vor mir dahin sinken in Langeweile oder ansteigendem Lärmpegel.

Und dann sehe und höre ich mich aber auch, wie ich heute in der 10 BMA in der letzten Stunde die „Robert-Enke-Frage" aufgreife. Die Frage der Maske taucht auf. Wir erzählen von den Masken, den Rollen, die jeder von uns hier in dieser Klasse spielt, den Rollen, die ich mir wähle, und den Rollen, die ich nicht kenne, und den Fragen, wer ich denn sei. Ich merke, wie es ganz still wird im Raum, und der Lärmpegel, der vorher noch da war, sich auf 0 absenkt. Und ich möchte erzählen können bis zum Ende, dass diese Stimmung nie mehr abnimmt, und weiß doch schon im Erzählen davon, dass ein Ende kommen wird, wo ich nichts mehr zu sagen habe. Und dann wird Kevin Gassner wieder seine laute Klappe nicht halten können und einen dummen Spruch machen, und Henry wird dazu grinsen, und Malte von der anderen Seite wird sich über Kevin beschweren und sich vielleicht wieder ein Schimpfwort ausdenken, und Brian in der ersten Reihe wird sich seinen Teil dabei denken, und Kamal wird eine entsprechende geistreich klingende Bemerkung dazu machen und Riccardo, der Interessierte, wird enttäuscht sein und eine Frage stellen, welche die anderen nicht mehr verstehen.

Aber in diesem Moment bin ich noch in der hörenden Stille meiner 25 Anlagenbauer im ersten Lehrjahr und will mich von diesem Gedanken und von dieser zu erahnenden Erfahrung noch nicht stören lassen.

Wenn ich diese Momente in meinen vielen Stunden zusammen rechne, auf wie viele „Sternstunden" käme ich, die „reinen" Sternstunden, die von Anfang bis Ende – ungeplant – meine Klasse und mich überfallen?

In der 11 BI-2 wiederhole ich etwas, das ich vor 6 Jahren einmal in einer Malerklasse versuchte, damit aber ziemlich gescheitert war. Die Aufgabenstellung ist auch grenzwertig. Ich erinnere mich daran, dass irgendeine Kollegin - ob aus einer Beruflichen Schule oder nicht weiß ich nicht mehr - diese Stunde am Ende eines Schuljahres als „Sternstunde" bezeichnete. Vielleicht habe ich da aber auch etwas verwechselt. Jedenfalls geht es um die schriftliche Erstellung eines „Antrags auf Erteilung einer Daseinsberechtigung".

Die 11 BI-2 ist zur ersten Religionsstunde in ihrem zweiten Lehrjahr wieder da. Ein Vierteljahr ist seit unserer letzten Begegnung vergangen, und am Ende der Stunde gebe ich ihnen diese Aufgabe, in Ruhe Gründe für ihr Dasein zu überlegen. Und bitte sie gleichzeitig auf einem weiteren Abschnitt, mir diese anonym aufzuschreiben, wenn sie das mögen.

„Ich besitze Fähigkeiten, die nicht viele haben. Meine Bildung. Ich will etwas verändern. Meine Träume. Ich bin schon da. Ich habe dafür gearbeitet. Ich habe einen Wert für die Gesellschaft. Ich und meine Fähigkeiten sind einzigartig. Gewisse Menschen sind abhängig von mir und mein Fehlen würde ihr Leben erschweren. Ich bin fähig zu lieben. Meine Freundlichkeit. Ich kurbele die Wirtschaft durch Arbeiten an. Ich bereichere das Leben anderer. Mein Umweltbewusstsein. Ich möchte die Welt verändern. Mein Humor. Ich habe ein Interesse an sozialer Gerechtigkeit. Meine Erfahrungen. Weil ich von allen Spermien das erste war, das den Weg fand. Es gibt keinen Grund. Jeder Mensch erfüllt seinen Zweck. Jeder hat seine Aufgabe. Alles passiert, weil es passieren muss." And so it goes.

*

„Die Welt zu Gast bei Freunden"

"Lebenslanges Lernen" ist ein griffiges Wort, dem ich gerne zustimmen möchte. Wenn ich gefragt werde, wie es mir denn in der Berufsschule gehe, antworte ich oft, dass ich viel dazulerne.

Heute habe ich wieder „Gäste im Unterricht". So nenne ich die Idee, Menschen mit besonderen Lebenserfahrungen in meinen Unterricht einzuladen.

Bisweilen ergeben sich Angebote, so wie heute. Das Hilfswerk MISSIO hat einen Kleinbauern von den Philippinen nach Deutschland eingeladen, über sein Projekt zu erzählen.

Danilo Quimbo, der philippinische Kleinbauer, übernachtet im Langenwalder Schwesternhaus. Ich bin morgens um 9.00 Uhr dort. Mit dabei ist Rubelyn Pinay als seine Dolmetscherin, da Danilo Quimbo nur Filippino und ganz wenig Englisch spricht. Auf der Fahrt von Langenwald nach Niedernhain erzähle ich ein wenig von der Schule, von den zwei Klassen, die ihn erwarten. Frau Pinay übersetzt ab und an.

Ich weiß, dass ich meinen Klassen damit etwas zumute. Heute habe ich das Experiment gewagt, eine Informatiker-Klasse mit einer Friseurklasse zusammenzusetzen. Insgesamt sind es 45 Auszubildende. Im Verlauf der Doppelstunde werde ich merken, dass es ein Wagnis blieb. Herr Quimbo erzählt sehr leise und zögerlich, Frau Pinay muss warten, bis sie übersetzen kann. So entstehen lange Pausen. Das ist nicht förderlich für eine ruhige Aufmerksamkeit. In der ersten Stunde geht das noch relativ gut ist. Dann setzt Balzverhalten ein. Ich merke, dass meine Friseurinnen auch vom Thema her ein wenig überfordert sind. Als es zur zweiten Stunde läutet frage ich mich, wie die kommenden 45 Minuten wohl gefüllt werden. Irgendwann bitte ich die drei Kasper unter den Friseuren – Tarik, Nicolo und Hasan – um den Respekt vor einem Gast, der einen so weiten Weg nach Deutschland hinter sich gebracht habe. Wohlwissend, dass meine Schüler nicht freiwillig hier sind. Aber auf einmal fragt ein Auszubildender, wie Herr Quimbo denn Deutschland empfinde. Er sei zum ersten Mal hier – und er wird traurig. Ein Teil seines Herzens würde gerne hier sein.

Dieser Mann nimmt seine schwierige Lebens- und Arbeitssituation als Reisbauer in einem korrupten Land an. Und jetzt sitzt er in einem Land, das ihm so fremd vorkommen muss, und von dem er vorher nie etwas gehört hat.

Erstaunlicherweise sind die beiden Gäste zufrieden mit dem Gespräch. Und ja, da kamen doch noch einige Fragen von den Auszubildenden.

Beim Aufräumen am Ende dieses Schuljahres halte ich ein Foto von Danilo Quimbo in der Hand. Von den Gästen, die ich bislang in unsere Schule eingeladen habe, war er der „einfachste" Gast aus der Welt. Er war der bescheidenste, und ich erinnere mich an den bewegenden Moment, als er erzählte, wie gerne er in Deutschland bleiben würde, und dabei ein Gefühl von Scham oder Verunsicherung zeigte. Ich weiß nicht, wie vielen im Raum in diesem Moment bewusst war, wie „reich" wir im Westen Europas leben.

Ich muss aufpassen, in solchen Momenten nicht zu sehr zu resignieren. Für Augenblicke werde ich demütiger und bescheidener in meinen Wünschen. Immer aber fühle mich reich gemacht durch diese Besuche aus der „einen Welt", von Gästen aus Ländern Afrikas, Asiens, Europas und Lateinamerikas.

*

„Das Wort ist ein mächtiger Schlüssel"

Im Jemen gab es Anfang der 2000er Jahre einen Richter namens Scheich Mahmud Al-Hitar. Er versuchte in einem

„Dialog mit dem Terror", extremistische ehemalige Dschihad-Krieger in einem Lehr-Lernprozess in die Gesellschaft zurückzuholen. Eine filmische Dokumentation über ihn schien mir für ein Unterrichtsthema wie religiöser Extremismus als Impuls für meine Schüler gut geeignet. Darin spricht Al-Hitar von einem Leitwort seiner Motivation und Tätigkeit. „Das Wort ist ein mächtiger Schlüssel." Bis heute hoffe ich, dass er noch lebt.

Wie viele unterschiedliche Sätze und Worte habe ich in den vergangenen Jahren gehört. Einige habe ich mir notiert.

„Sehr geehrter Herr Fachinger,
ich bitte Sie, mein Fehlen am 4.3.2008 zu entschuldigen. Sicher war mein Gesundheitszustand an diesem Tag der Grund für mein akutes Fernbleiben. Mit freundlichen Grüßen Jannik Ruge"

„Jens Nowak 11 BM2 Herr Pfarringer.
Hallo, Herr Pfarringer, da ich keine Zeit mehr hatte, Bescheid zu sagen, wollte ich nur Bescheid geben, dass ich einen Termin in Frankfurt habe und weg muss. Entschuldigung bekommt Herr Spuhn."

Ich bin am Korrigieren einer Klausur der BG 12 über Jesus Christus. Die abschließende dritte Fragestellung sollte noch einmal bislang fehlende Aspekte ergänzen. Ein Schüler schreibt: „Jesus wurde von Maria geboren, und als Kind auf dem Jordan ausgesetzt, da Saul der König alle Kinder bis zwei Jahre umbringen ließ."

„Der Mensch ist gut, weil er in einer Gesellschaft leben kann. In Krisensituationen arbeiten Menschen gut zusammen und das schweißt zusammen. Sie haben gelernt sich zu vergeben."

Zu der Frage, was der Mensch sei, antwortet ein Auszubildender im 1. Lehrjahr im Metallbereich: „Tiere fressen, sch..., schlafen. Die Menschen denken noch über die Sch... nach."

„Das Aussehen ist wichtig, aber der Charakter ist noch wichtiger. Es ist sinnvoll, seinem Leben einen Sinn zu geben, damit es eine Bedeutung hat. Für mich ist absolut notwendig, dass mich jemand gern hat."

Ein bisweilen auftauchendes Thema im Unterricht ist die Frage nach Würde und Wert des Menschen. Bei Lernkontrollen verwende ich zum Einstieg manchmal die Aufgabe, „Dinge" zu nennen, die das Leben eines Menschen wertvoll machten. Beim Korrigieren der Lernkontrolle einer Berufsfachschulklasse finde ich die Formulierung: „Bei schlimmen Dingen zu trauern, denn dann merkt man, dass man noch lebt und kein kalter Klotz ist."

Moritz fragt mich nach Ostern, wir kamen irgendwie auf Beichte: „Kann man da die Seele ausleeren?" Und als ich ihm diese Formulierung bejahte, meinte er nur kurz: das müsse er auch mal machen. Wo er das machen könne?

Nachdem Kamila von sich aus einen Vortrag über den Islam gehalten hatte, kommt auch Jurek auf die Idee, einen Vortrag zum Christentum zu machen. Als er merkt, dass bei einer Schülerin die Aufmerksamkeit etwa nachlässt ruft er: „He, Zena, du bist Christ, du musst hören!"

Lucas meint auf einmal: „Glauben an Übernatürliches - das macht mich jetzt doch gerade nachdenklich." Es scheint etwas in ihm in Gang gekommen zu sein. Ich kann auch nicht sagen, wie und was. Aber nach einer weiteren Einheit, in der in Arbeitsgruppen bestimmte Frageblöcke beantwortet werden sollten, und die Ergebnisse dann vorgestellt waren, meint Lucas am Ende dieser Doppelstunde: „So verkehrt ist das mit Gott gar nicht."

Kollege Nagler entwickelt sich die letzten Monate zum interessierten Katholiken, vielleicht so etwas wie einem „nahen Fernstehenden". Die Papstwahl hat er verfolgt und mich im Vorfeld bisweilen einiges gefragt. Nun sind zwei Wochen nach Ostern vorbei, Montag morgen. Er spricht mich an, meint, dass er am Sonntag bei einer Erstkommunionfeier gewesen sei. Im Gespräch habe sich die Frage ergeben, wie die Kinder denn hießen, die nun zur Erstkommunion gegangen seien. Ich will schon antworten, da sagt er, dass ein Vater gemeint hätte: „Erstkommunisten."

„Woher sind sich die Menschen so sicher, dass sie die Wahrheit kennen?" fragt Omar am Beginn einer Unterrichtseinheit zu „Illuminati".

Die Korrektur einer Klausur der BG 12 steht an. Patrick, ein eher guter Schüler, muss bei Aufgabenstellung drei nicht ganz so konzentriert gewesen sein. So fasst er denn zusammen, dass die brasilianischen kirchlichen Basisgemeinden das Ideal der „Brüderleber" verkörperten. Guten Appetit, dann wird es nichts mit „Bruderliebe".

Wir schließen das Thema vom letzten Schuljahr ab und Simon meint innerhalb der Diskussion, als es um das Gute im Menschen geht, „Menschen sind Monster!" Ich widerspreche ihm. Er erwidert trocken, „Sie sind ja Christ!"

*

Liebe ist alles, was wir brauchen

Es fing mit einem Handschlag an.

Kollege Engels ist immer einer der ersten morgens im Lehrerzimmer. Vertraut waren wir uns spätestens durch die gemeinsame „Ach so ... eine Berufsschule" - Erfahrung.

Vertrautheiten brauchen auch ihren Ausdruck. Und ein Handschlag unter Männern gibt dies gut wieder. Als Andreas Plumpe als frisch ausgebildeter Referendar an unsere Schule kam waren wir schnell wie drei Musketiere vertraut. Statt der kreuzenden Klingen gaben wir uns morgens per Handschlag Mut für den Tag.

Als sich Andreas aus privaten Gründen Richtung Stuttgart verabschiedete erweiterten wir den Kreis am Metallertisch. Immer wieder sorgt der Handschlag für Irritationen. Unbeteiligte vermuten einen Geburtstag und wollen sich auch einreihen. Manche fühlen sich gar ein wenig übergangen, wenn sie keinen Handschlag bekommen.

Eines Morgens sieht unsere mütterlich in der Schulküche sorgende Sabine Weiß Kollegen Engels und mir beim Grüßen zu. Sie scheint ein wenig neidisch und fragt, warum sie nicht begrüßt werde. Kollege Engels ist spontan und eilt auf Kollegin Weiß zu und umarmt sie herzlich. So will ich aber auch nicht abgewiesen werden und hole mir eine Umarmung bei Werner. Dem Geschehen hat Peter Winkler vom Maler- und Gestaltertisch aus zugesehen und auch er fordert eine Umarmung. Und ich eile hin. Wärme und Liebe breiten sich im Lehrerzimmer aus. Kollege Engels raunt mir zu „Wir kriegen sie noch alle."

In diesem Moment fällt mir Mata Amritanandamayi ein, jene Frau aus Indien, die schon Millionen von Menschen umarmt hat. Sie stehen in Schlangen vor ihr an. Vielleicht sollten Kollege Engels und ich unsere Aufgabe erweitern.

*

Wo bin ich eigentlich zu Hause?

Die 10 BEI ist keine einfache Klasse. Informationselektroniker im ersten Lehrjahr.

Meinen ersten Konflikt hatte ich, als ich Michail, einen russischstämmigen Schüler, mit 3 Minuten Verspätung ins Klassenbuch eintrug. Mag sein, dass ich schlecht geschlafen hatte. Michail jedenfalls fand diese Eintragung nicht witzig. Seine Meinungskundgebungen im Unterricht hatten oft einen russisch-nationalistischen Unterton. Im Rahmen des Georgien-Russland-Konfliktes betonte er das eindeutige russische Recht zur Intervention. So weiß ich nicht recht, welcher „Teufel" mich an diesem Morgen ritt.

Ich wollte eigentlich in das Thema „Religionskriege heute und früher" einführen. Aber dann kam von einem Schüler eine Bemerkung über Jesus und „die Juden", die ihn ermordet hätten. Antisemitische Äußerungen regen mich besonders auf. So versuchte ich zu erklären, warum Jesus am Kreuz von den Römern ermordet wurde. Er habe sich neben Anderem gegen herrschende Meinungen gestellt und sei nicht beim Alten stehen geblieben. Ich versuche ein Beispiel zu bringen, wo aus ähnlichen Gründen heute Menschen umgebracht werden. Und mir fallen aus aktuellem Anlass die Morde an zwei russischen Journalisten ein, welche die russische Regierung kritisiert hatten.

Da fährt Michail förmlich aus der Haut, wie ich das behaupten könne, das würde nicht stimmen. Ich bleibe ruhig – ich weiß, dass ich ihn ein wenig provoziert hatte. Die Situation allerdings scheint zu eskalieren – auch wenn ich nun andere Beispiele nenne. „Gut, dann nehmen Sie meinetwegen Martin Luther King oder Dietrich Bonhoeffer."

Aber Michail schimpft über die „Scheiß-Welt", egal wo, und die „Scheiß-Politiker", denen man seine Meinung nicht sagen dürfe. Ich frage nach. „Dann haben Sie doch gar keinen Platz oder Ort."

Auf einmal kippt die Situation. Eugen, der mich zum Heiligen gemacht hatte und ebenfalls russischstämmig ist, erzählt von sich. Er lebe nun seit 16 Jahren in Deutschland, hier sei er immer „der Russe" oder auch der „Mafia-Russe", und in Russland sei er der „Nazi" oder „Faschist". Wo sei eigentlich seine Heimat?

Und dann kommt Michail wieder ins Spiel und geht auf diese Frage ein. Stockend erzählt er, dass – wenn überhaupt – in Deutschland seine Heimat sei.

Am Ende dieser Stunde bedanke ich mich für „die intensive Stunde". Im Hinausgehen raunt mir Eugen noch etwas von „guten Nerven" zu.

*

Zwei Fäuste gegen ein Vaterunser

„Vier Fäuste für ein Halleluja" heißt ein Film mit Bud
Spencer und Terence Hill. Ich habe ihn nie gesehen. In meiner Erfahrung setzt sich der Titel „Vier Fäuste wegen eines
Halleluja" fest. Genauer müsste er lauten „Zwei (in der Ho-
sentasche geballte) Fäuste gegen ein Vater unser".

Ein trauriger Anlass führte zu diesem Titel.

Der mir liebe Kollege Peter Winkler war in den Sommerferien ganz plötzlich und ganz schnell gestorben. Noch
vor den Sommerferien hatte ich ihm gesagt, wie schlecht er
aussehe. Die Woche darauf schon war er wieder krank geschrieben, wie so oft in den letzten zwei Jahren. Nun hatte
man Leberkrebs im Endstadium in den Ferien diagnosti-
ziert.

Der Rektor bat mich um eine Trauerfeier, vor Beginn
der Gesamtkonferenz nach den Sommerferien. Ich ahnte
schon, wie heikel das werden könnte in meinem religiös
heterogenen Kollegium. Aber ich wusste von der Religiosität
des verstorbenen Kollegen. So konnte ich mir ein gemeinsam gesprochenes Vaterunser zu dieser Gedenkfeier durchaus vorstellen. Der Rektor stimmte zu und meinte sogar, das
würde er vertreten.

Am Ende der Trauerfeier sagte ich, wer wolle, könne im
Sinne des Verstorbenen ein Vaterunser für ihn mit beten.
Dass dies nicht alle tun würden, war mir klar.

Vier Tage später erfuhr ich, dass sich „einige Kollegen" darüber aufgeregt hätten. Im Nachfragen blieb es dann bei einem, Kollege Schütte. Mit ihm hatte ich mich vor Jahren einmal ziemlich gestritten, über Papst, Kirche und Kondome. Die anwesenden Informationselektroniker im zweiten Lehrjahr hatten interessiert und amüsiert zugehört. Der Kollege schien sein eigenes Trauma zu haben. Er wäre bei diesem Vaterunser am liebsten aus dem Raum gelaufen, hörte ich - was er hätte tun dürfen. Ich dachte, es ging doch um kein religiöses Bekenntnis. Es ging nur darum, einem verstorbenen Kollegen in dessen Sinne die letzte Ehre zu geben.

Eine Geschichte aus „Don Camillo und Peppone" fiel mir ein. Die alte Lehrerin Fräulein Cristina ringt dem kommunistischen Bürgermeister auf dem Sterbebett den Wunsch ab, mit der Fahne des Königs auf dem Sarg beerdigt zu werden. Alle republikanisch gesinnten Genossen Peppones stimmen nach dem Tod der alten Lehrerin gegen deren Bitte. Bürgermeister Peppone aber zeigt Gelassenheit, Toleranz und Durchsetzungswillen. Die Fahne des Königs liegt auf dem Sarg.

*

„Steinbruch des Herrn" vs. „Weinberg des Herrn"

Der Mensch lebt von Bildern. Sicherlich will ich im Religionsunterricht auch bildhaftes Denken fördern.

Jeder Winzer weiß, dass das so lieblich scheinende Bild, im „Weinberg des Herrn" zu arbeiten, nicht der Wirklichkeit entspricht. Man muss sich dazu gar nicht die Ernte für die Lese des Eisweins vorstellen. Trotzdem hat dieses Bild des „Weinberg des Herrn" etwas Verheißungsvolles und Freudiges.

Es ergab sich ein Zusammentreffen von Rektoren, Religionslehrern und anderen kirchlichen Vertretern unter dem Stichwort „Kirche und Schule". Deutlich wurde, wie unterschiedlich die Situation des Religionsunterrichts und abhängig von der Schulform ist.

Der Schulpfarrer einer katholischen Schule erzählte von den vielen Möglichkeiten, die er habe. Als Berufsschulreligionslehrer konnte man dem nur andächtig staunend folgen. Zufällig hatte es sich ergeben, dass neben dem Schulpfarrer der Rektor meiner Schule zum Sitzen kam. Nachdem der Schulpfarrer geendet hatte, raunte Herr Sippel ihm ins Ohr: „Wissen Sie, Herr Schulpfarrer, Sie arbeiten im Weinberg des Herrn, wir im Steinbruch des Herrn."

Einige Wochen später erhielt ich einen Brief. Da ich im Briefverteiler meiner Diözese bisweilen auch noch als pastoraler Mitarbeiter gezählt werde erging als solcher an mich die Bitte, Werbungen für „Berufe der Kirche" in meinem Wirkungsbereich zu verteilen. Die gleiche Bitte traf am nächsten Tag in einem zweiten Brief an mich als Religionslehrer ein. Die Anrede jedoch teilte die Realitätseinschätzung meines Rektors.

Im zweiten Brief wurde ich als „lieber Religionslehrer" angesprochen, im ersten – als pastoraler Mitarbeiter also – hieß es „lieber Mitarbeiter im Weinberg des Herrn".

Einen kurzen Moment dachte ich daran, jener kirchlichen Stelle für „Berufe der Kirche" zu antworten. Sollte ich nicht die Empfehlung aussprechen, die Religionslehrer als „liebe Mitarbeiter im Steinbruch des Herrn" zu bezeichnen? Aber ich konnte meine Ironie noch zurückhalten.

*

Lady Lorca

Lady Inez García Lorca hieß sie. Der Titel Lady war mir zunächst gar nicht aufgefallen. Aber dann fragte ich doch mal bei der Klassenlehrerin nach, was das zu bedeuten habe. Genaues wusste auch sie nicht zu sagen. Und sie selbst zu fragen traute ich mich nicht.

Sehr interessiert an Religionsunterricht war sie, wie überhaupt der Großteil dieser Klasse von angehenden Friseurinnen im dritten Lehrjahr. Sie wollte nie als Lady angeredet werden. Aber etwas Bestimmendes lag in ihrem Wesen. Ihre sehr impulsive Art hatte manchmal die Tendenz, die anderen zu überstimmen. Ihre kräftige, laute Stimme schaltete sich manchmal ein, wo sie gar nicht aufgefordert war zu reden.

Eines Tages geschah es – wie es nun mal geht. Ein Lehrer kann nicht immer 100%ig bei den Schülern sein, immer ausgleichend, zuhörend, gut gelaunt. Auch ich bin kein Heiliger - Eugens Einschätzung zum Trotz.

Lady Inez hatte sich wieder einmal eingeschaltet, wo sie nicht gefordert war. Ich fragte, ob Sie immer solch ein Bedürfnis hätte sich zu produzieren. Im Nachhinein meine ich, die Worte noch etwas verletzender formuliert zu haben. Lady Inez blieb von diesem Zeitpunkt an einfach stumm.

Am Ende der Stunde wurde mir bewusst, dass ich ein wenig zu weit gegangen war. Ich wollte mit ihr reden. Sie hatte allerdings schon den Klassenraum verlassen.

Was sollte ich tun? Unsere nette Schulsekretärin gab mir die Anschrift weiter und am Nachmittag griff ich zu Briefpapier und Kugelschreiber und schickte Lady Inez einen Entschuldigungsbrief.

In der nächsten Stunde war sie an ihrem alten Platz – und schwieg. Sie schwieg den Rest des Schulhalbjahres, und danach sahen wir uns nicht mehr.

Ich erinnerte mich an Hilde Domins Gedicht „Unaufhaltsam". „...Besser ein Messer als ein Wort. /Ein Messer kann stumpf sein./ Ein Messer trifft oft/ am Herzen vorbei./ Nicht das Wort ..." Ich sehe die Verantwortung, die ich habe, wöchentlich ungefähr 300 beruflichen Schülerinnen und Schülern einigermaßen gerecht zu werden.

Eigentlich müsste ich damit gelernt haben, wie schnell Menschen verletzt sind.

Es ist eine Metallbauerklasse. Gerade hat Nils, der leicht stottert, einen Beitrag zum Unterricht gegeben. Da sehe ich, wie Erik und Sascha lachen und Grimassen eines Stotterers machen.

Ohne lange nachzudenken frage ich Erik, ob er noch nichts von Toleranz gehört habe. Sofort ist er beleidigt. Als einziger der Auszubildenden mit Abitur hat er ein Lehrjahr überspringen können. Er liefert immer gute Beiträge im Unterricht und hat gute Ideen - wenn er Lust dazu hat. Jetzt scheine ich ihn in seiner Ehre getroffen zu haben. Bis zum Ende des Unterrichts bleibt er stumm.

Am Ende des Schultages treffe ich den Kollegen Bergleiter im Kopierraum. Als Klassenlehrer unterrichtet er die Metallbauer in den letzten Stunden des Tages. Er spricht mich auf Erik an und darauf, dass er ihm von mir erzählt habe. Ich habe ihm Toleranz abgesprochen. Lady Inez fällt mir wieder ein. In der nächsten Stunde rede ich mit Erik und bitte um Entschuldigung. Er nimmt sie an. Eine Doppelstunde später beteiligt er sich wieder nach seinem Lustprinzip.

Einige Jahre später sehe ich den Account von Lady Inez auf Facebook. Sie hat einen kleinen Sohn. Und sie sieht glücklich aus.

*

Daniel

Daniel aus der 11 BEI scheint doch interessiert am Unterricht. Anfangs dachte ich da noch anders. Da ging er im ersten Lehrjahr zum Konrektor und wollte sich vom Religionsunterricht abmelden. Aber nun kam er am Montagmorgen, nach einer Unterrichtsstunde, in der es am Rande nur um Bioethik ging, zu mir. Ob es nicht doch besser sei, Behinderte erst gar nicht zur Welt zu bringen, und warum die Kirchen da so stur seien. Ich versuche ihm ein wenig von der Unabhängigkeit der Menschenwürde zu erzählen. Bei solchen Versuchen bin ich mir nie ganz sicher, ob ich nicht zu dogmatisch rede. Und manchmal merke ich schon im Erklären: das verstehen meine Schüler bestimmt nicht. Dann rette ich mich – wie auf eine kleine Insel – in eine Sprachwelt, die ich zwar verstehe und in der ich mich heimisch fühle, aber die Schüler lassen das Gesagte wohl eher an ihrem Ohr vorbeirauschen.

Eine Woche später, es ist wieder Montag. Bevor ich in den Unterricht gehe, habe ich noch Gelegenheit, mein Postfach im Lehrerzimmer zu leeren. Da liegen in einem großen Umschlag einige versammelte Äußerungen des „Apostolischen Stuhls" und der Deutschen Bischofskonferenz.

Eines der Hefte heißt „Instruktion Dignitas Personae - über einige Fragen der Bioethik". Man muss Schüler manchmal fordern, denke ich spontan. Und so gebe ich an diesem Vormittag, als die 11 BEI wieder vor mir sitzt, Daniel das Heft mit einer entsprechenden Erklärung.

Vier Wochen später gibt er es mir zurück. Er hätte nie gedacht, dass die Kirche wirklich so konservativ sei. Sie würden ja alles ablehnen, und schon der Embryo sei ein Mensch. Aber dann meint er auch, es sei informativ gewesen, die verschiedenen Diagnostiken kennen zu lernen.

So dringt die Lehre der vatikanischen Glaubenskongregation in die Köpfe meiner Auszubildenden.

*

Kollege Petermann

„Ich muss leider wieder ins Hospital. Ich melde mich. Volker." - Das waren die letzten sms-Zeilen, die ich von Volker Petermann an einem Septembermorgen erhalten hatte. Nun war er tot. Er war der zweite Kollege nach Peter Winkler, der im „aktiven Dienst" gestorben war.

Mit Peter hatte ich mehr persönliche Berührungspunkte, nicht nur die Umarmung im Lehrerzimmer. Er kannte einen meiner Großonkel, der Pfarrer gewesen war, aus seiner Kindheit.

Volkers von vielen Zigaretten eingeprägte dunkle raue Stimme, leicht nuschelig aus seinem Vollbart gesprochen werde ich nicht vergessen. Vor einigen Jahren hatte er erlebt, wie mein Rektor mich im Lehrerzimmer abgepasst hatte. Herr Sippel wusste wohl, dass ich eine Freistunde hatte. Instinktiv nutzte er die Gunst der Stunde, um mir eine Begebenheit aus dem weiten Dunstkreis der katholischen Kirche lang und breit zu erzählen. Schließlich beendete ein Telefonanruf den Monolog. Ich konnte Richtung Kopierraum gehen. Im Hinausgehen höre ich Volker Petermann mir zuraunen: „Und, ist das Ohr blutig?"

Er war nicht einfach. Einige Kollegen erzählten mir von schwierigen Erfahrungen mit ihm. Aber es galt für mich, nun auch für ihn eine kurze Gedenkfeier vor der Gesamtkonferenz zu gestalten. Bei Peters Gedenkfeier hatte ich schon die eigentümliche Erfahrung im Kollegium gemacht.

Ich will beginnen - da kommt eine Kollegin laut auf Stöckelschuhen zu spät hereingeschneit in diese Gedenkfeier. Ein zweiter Kollege geht einen Meter an mir vorbei nach draußen, um nach 5 Minuten wieder hereinzukommen. Es ist jener mit den Vater unser - Schwierigkeiten. Und ich rede trotzdem.

„ ... Ein Mensch, ein Kollege, den einige von uns gar nicht, die einen seit einigen Jahren, andere schon lange Zeit kennen. Jahre ist er durch die gleiche Eingangstür mit uns in diese Schule gegangen. ... Schüler, die ihn noch kannten, erzählten von ihm letzte Woche betroffen vor der Gedenkwand. Was heißt es, wenn wir ihn - wie in der Traueranzeige der Schulgemeinde geschrieben - in guter Erinnerung behalten? ... ‚Keiner blickt dir hinter das Gesicht' hat Erich Kästner einmal gesagt."

*

Träume

Manchmal stelle ich mir vor, ein Barack Obama oder irgendein Bischof würden einmal meine Stelle übernehmen - nicht nur für eine Stunde oder einen Tag, sondern einige Wochen, vielleicht sogar ein halbes Jahr. Würde deren erste Ausstrahlung für immer wirken? Hätten sie meine Klassen für immer „im Griff" und könnten sie endlos begeistern, nur von ihrer Persönlichkeit oder ihrer Stellung getragen? Der Gedanke kommt mir, wenn ich im Klassenraum sitze – bei Tests oder Klausuren – und von der „Welt da draußen" träume. Alles geht weiter und läuft und dreht sich und ich sitze hier und habe solch einen Gedanken.

Ein Traum verfolgt mich.

Ich sehe mich in der Atmosphäre des Kurzfilms „Ernst und das Licht". Ein dänischer Kurzfilm über die Begegnung des wiederkehrenden Jesus mit einem agnostischen Mann namens Ernst. Ich sitze auf dem Beifahrersitz des Autos. Es ist dunkel, alle Energie in der Welt ist angehalten, nichts bewegt sich, alles ist still, ein wenig unheimlich. Am Steuer sitzt mein Rektor als Ernst. Er, die Augen – selbstüberzeugt und kämpferisch – nach vorne gerichtet auf sein Ziel hin, das weit weit weg liegt. Nur er allein ahnt es, kennt es. Langsam erkennt er mich neben sich sitzen. Dann der Showdown. Ich höre mich die Worte sprechen, die der wiederkehrende Jesus in dem Kurzfilm sagt, voll letztem Überzeugungswillen, ahnend wohl, dass dieser zu klein ist, um zu gewinnen und das Duell siegreich zu beenden. Ich wende mein Gesicht zu dem neben mir am Steuer sitzenden Rektor und raune verschwörerisch: „Dies ist eine Mission!".

Ich hoffe, dass ihn dies auf eine irgendeine Weise überzeugen könnte. Aber er kanzelt mich kurz ab wie Ernst in dem Kurzfilm: „Ach, hören Sie mir auf mit dem Missionsmist!" Oder bin ich schon vor dieser Reaktion aufgewacht?

*

„Und sie erkannten, dass sie nackt waren"

Am Thema „Körperlichkeit" komme ich an einer Berufsschule nicht vorbei. Zumal an einer Beruflichen Schule, die auch Friseurinnen ausbildet. Ich sehe bisweilen, dass der ein oder andere Auszubildende aus der Metall- oder Elektrotechnik-Abteilung seine Blicke schweifen und auf irgendeiner jungen Frau ruhen lässt. Das lässt sich am besten am Ende einer Pause machen, wenn man im ersten Stock Unterricht hat, und von oben in unser so genanntes Forum schauen kann.

Da lassen sich die Kleidungsstücke manch junger Damen, die mehr unbedeckt lassen als bedecken, besser betrachten. Der gute alte Papst Johannes XXIII., der für seinen Witz und manche Schlagfertigkeit bekannt war, soll einmal bei einem Bankett, auf dem er einer Dame mit einem großzügigen Dekolleté begegnete, dieser einen Apfel gegeben, und auf deren erstauntes Fragen geantwortet haben: „Auch Eva erkannte erst, nachdem sie vom Apfel gegessen hatte, dass sie nackt war." An manchen Tagen könnte ich viele Äpfel verteilen. Aber ich erkenne in diesen Zusammenhängen auch immer wieder Neues.

Lale, im 1. Lehrjahr der Friseure, hält gerade vor der Klasse eine Verteidigungsrede für „die Religion" und den Glauben an Gott. Ihre muslimische Religion mache Vorgaben, die gut seien. Sie braucht ein Beispiel. Wenn Frauen Minirock tragen oder sich an bestimmten Stellen entblößen würden, würde ihnen nach dem Tod an diesen Stellen eine

Art Brenneisen aufgesetzt. Und dies geschähe so oft sie sich an diesen Stellen entblößt hätten.

Ich staune manchmal über Korandeutungen meiner Schüler. Und weiß doch auch um Fragen des Respekts, der Achtung und Scham. Lale hatte kurz vorher erzählt, dass es im Koran kein Gebot zum Kopftuch gebe. Auch zur Notwendigkeit einer Burka aber auch nichts zum Bikini-Tragen würde gesagt.

Und die jungen Männer unserer Schule? Auch die können in solcherlei Hinsichten feinfühlig sein.

Im Rahmen einer Themeneinheit „Jesus im Film" hatte ich mit einer Berufsfachschulklasse einen Ausschnitt aus „Jesus von Montreal" gesehen. Dieser kanadische Spielfilm aus dem Jahr 1989 geht einer Aktualisierung der Geschichte Jesu nach. Im übertragenen Sinn wird die „Berufung" von vier „Jüngerinnen und Jüngern" durch den Hauptdarsteller erzählt. Eine dieser Jüngerinnen ist ein Model. Als sie im Filmausschnitt bei der Aufnahme eines Werbespots spärlich bekleidet gezeigt wird, gibt es von zwei, drei Schülern aufmunternde Bemerkungen. Sebastian aber hatte in der Einführung zum Film gut zugehört und sich das Produktionsjahr gemerkt. Knapp nur erwidert er seinen Mitschülern: „Ist doch schon 20 Jahre her." Auch so kann man die „Vergänglichkeit des Fleisches" betrachten.

Gegen die Geschlechtlichkeit lässt sich von religiöser Seite nichts sagen. Sie ist von der Schöpfungsgeschichte her vorgegeben.

21 junge Männer und eine junge Frau der Klasse 12 FOM wünschen sich „Sexualität und Religion" als Unter-

richtsthema. Die Folgen habe ich mir in meiner Naivität wohl nicht so ausgemalt. Als sich in der Einstiegsphase zeigt, wie wenig die meisten von den Folgen eines Geschlechtsverkehrs wissen kommt es zu einer Art kleinen Aufklärungsstunde. Marcel, der im Unterricht eher durch gelangweiltes Quatschen auffällt, ist der einzige, der sich traut, an die Tafel zu kommen. Mit einigen zeichnerischen Versuchen skizziert er, wie das bei der Frau so aussieht und wie „das" dann so genau funktioniert. Ein wenig fühle ich mich in diesem Moment an den guten alten Dr. Sommer aus der Zeitschrift „BRAVO" erinnert. Und gleichzeitig merke ich in den Gesichtern der jungen Männer, dass sexuelle Aufklärung wie in meiner Jugend etwas ist, was oft einfach vorausgesetzt wird. Dass man sich diese dann über solche Blätter wie „BRAVO" oder eine Aufklärungsstunde wie jene von Marcel holen muss, weil die Eltern stumm blieben, ist wohl unverändert geblieben.

In der letzten Stunde des Schuljahres wundert sich Tim noch einmal, wie offen die Klasse hier über Sexualität rede. Selbst harte Metaller können ganz schön gefühlvoll sein.

*

Daniel Fischbach

Er stand in den Pausen meist in einer der Ecken des Forums. Daniel hieß er. In der sehr schwierigen 12 BMM mit dem cholerischen Julius blieb er immer sehr freundlich und interessiert. Als im Unterricht das Gespräch auf den Hinduismus kam schenkte er mir eine Woche später eine Bhagavad-gita-Ausgabe. Er hatte sie selbst überreicht bekommen, von einer „Gesellschaft für Krischna-Bewusstsein". Ab und an sah ich ihn im Forum im Gespräch mit ein, zwei jungen Frauen.

Immer hatte er ein Heft mit Sudokus in der Hand, wenn er in seiner Ecke stand. Von Sudokus hatte ich gehört und mich darin auch schon einmal ausprobiert. Es schien mir jedoch zu schwierig. Aber Daniel brachte mich auf eine neue Spur. Er erklärte mir seine Vorgehensweise, wie er die schwierigen Sudokus löse.

Meine Kinder müssen etwas mitbekommen haben. Am folgenden Weihnachtsfest lag ein „Sudoku für Meister"-Heft unterm Tannenbaum. Ich kam langsam hinein und bald konnte ich Daniel den ein oder anderen Erfolg erzählen. Dann war seine Ausbildung beendet.

Ein Jahr später. Die Osterferien waren zu Ende gegangen. Am ersten Schultag nach Schulferien ist es im Lehrerzimmer immer sehr wuselig. Durch dieses Gewusel kommt Kollege Bergleiter auf mich zu. Er sieht ernst aus. Sofort erzählt er, dass ein ehemaliger Schüler tödlich mit dem Auto verunglückt sei. Ein Abschiedsbrief deute auf Suizid hin, Trennung von der Freundin, Ärger im Betrieb. Es war Daniel Fischbach. Zwei Stunden später höre ich von der Klassenlehrerin einer Berufsfachschulklasse, die ich unterrichte, dass der Bruder eines Schülers bei einem Autounfall gestorben sei. Da erst gehen mir die Beziehungen auf.

Das Ausfüllen von Sudokus ist spätestens seit seinem Tod im Auto für mich immer mit Daniel verbunden. Ich schrieb dies einige Tage später seiner Mutter. Bis heute steht seine Bhagavadgita-Ausgabe in meinem Regal.

*

Segensreich

Die letzte Schulwoche vor Weihnachten beginnt. Seit einigen Jahren haben wir mit der Religionsfachschaft eine „Adventbesinnung" etabliert. Sie findet am letzten Schultag vor den Ferien in unserem Forum statt. Ein relativ fester Ablauf hat sich herausgebildet. Wir wählen im Oktober gemeinsam mit Schülern ein Thema aus, welches das zu Ende gehende Jahr begleitet hat. Die Schulband unter Leitung von Kollegen Nickel spielt drei poppig - rockige Musikstücke dazu.

An diesem Montag kommt Kollege Nickel auf mich zu. „Mach es diesmal nicht zu katholisch!" Ich bin etwas irritiert. Was denn das Katholische an der Adventsbesinnung im letzten Jahr gewesen sei? „Dein Segen." Er hätte ja nichts dagegen, aber Schüler und auch einzelne Kollegen fänden, das solle nicht sein. Namen werden natürlich nicht genannt. Vermutungen und Irritationen bleiben. Mein Segen?

Im Ablaufschema unserer Adventbesinnung heißt das Ende lapidar „Schlusswort/Segen". Vergangenes Jahr hatte ich die Aufgabe zugeteilt bekommen. Ich hatte mir länger Gedanken gemacht, wie offen und wie „religiös" ein solcher Segenswunsch sein darf. Ein plattes „Frohe Weihnachten" oder „Bleiben Sie gesund!" oder ein „Alles wird gut!" sollte es nicht sein. Die Situation ist klar: die Schüler kommen freiwillig zu dieser Adventbesinnung, auch wenn sie in der Schule stattfindet. Und es gibt etliche, die bewusst nicht hingehen.

Ich hatte keine christlich-trinitarische Formel verwendet. Ich war nicht in einem priesterlichen Gewand aufgetreten, oder hatte den Segen lateinisch gesungen. Nein, ich meine, ich sei schon fast zu kompromisslerisch gewesen.

Auf einmal fühle ich den Wind von vielen Richtungen heran blasen mit der Frage: Wo hat Religion hier seinen Platz? Wie viel Platz darf Religion haben – in einer Beruflichen Schule?

Der Segen, ach ja, der Segen– ich hatte ihn mir im vergangenen Jahr aufgeschrieben, um mich nicht zu verhaspeln und Psalm 85 zitiert: *„Könnten wir doch hören, dass Gott Frieden zusagt, damit wir nicht in Torheit geraten, dass Güte und Treue einander begegnen, Wahrhaftigkeit und Friede sich küssen und unser Land seine Frucht gebe,* und unserer *Erde* Nahrung gebe, allen, allen. Könnten wir doch hören! Wir können. Amen."

Was sollte ich dieses Jahr nun machen? Ich hatte noch vier Tage Zeit zu überlegen. Keinen Segen? - Was ich sagte?

„Das lateinische Wort Advent heißt, einmal ganz wörtlich übersetzt, ‚Zukunft'. Davor kann man Angst haben. Wir haben eine Zukunft - die kann man auch erwarten und gestalten. Im religiösen Sinn hat Zukunft nie etwas Bedrohliches. Sie rechnet damit, dass nicht alles in Menschenhand liegt – dass da noch jemand mitmischt, Gott – das gibt mir die Hoffnung für die Zukunft; die Hoffnung auf Mut, Verantwortung und Vertrauen. Das möge uns nicht verloren gehen. Und das ist ein Segen. Amen."

*

Benjamin

An meinem Rucksack hängt ein Würfel. Benjamin hat ihn mir an diesem letzten Schultag vor den Weihnachtsferien geschenkt. Es war ein lange versprochenes Geschenk.

Benjamin war in meinem ersten Schuljahr in jener 12 BMA, die nicht nur mich einige Nerven gekostet hat. Mindestens zwei Schüler mit rechtsextremem Hintergrund habe ich in der Klasse vermutet. Die Disziplin war schwierig.

Nach der Bekanntgabe der Zeugnisnoten in der 12 BMA meinte Benjamin damals zu mir, ich hätte meine Noten wohl gewürfelt. Dabei hatte ich ihm noch eine „3" gegeben.

Überrascht war ich, als ich ihn zwei Jahre später wieder in unserer Schule sah. Er wollte „mehr", und die Fachhochschulreife erreichen. Leider hatte ich ihn da nicht mehr im Unterricht – ja, die Gießkanne.

Aber die Geschichte mit dem Würfeln von Religionsnoten war ihm noch sehr präsent. So zogen wir uns bisweilen gegenseitig auf und schaukelten die Geschichte hoch. Bis dann auf meinem schulisch-weihnachtlichen Gabentisch jener Würfel landete. Fachgemäß war er quer durchbohrt und ein Band durchgefädelt. Am Ende der Adventbesinnung hängte ihn mir Benjamin feierlich um. Der Würfel blieb allerdings nur an diesem letzten Schultag an meiner Brust.

Im neuen Jahr hängte ich ihn an meinen Rucksack. Seit dieser Zeit zeige ich bisweilen, wenn Schüler nach meiner Notengebung fragen, jenen Würfel.

Der praktische Nebeneffekt dieses Würfels ist aber, dass ich nun den farb- und markengleichen Rucksack meiner Kollegin Judith von dem meinigen unterscheiden kann. In der würfellosen Zeit hatte ich mir aus Versehen einmal ihren Rucksack geschnappt und mich über eigenartige Säckchen gewundert, die da scheinbar in meinen Rucksack gewandert waren.

*

Wozu Kirche da ist

„Was sagen Sie denn zur katholischen Kirche, Herr Fachinger?" werde ich von der Anlagenmechaniker-Klasse im dritten Lehrjahr empfangen. Es blieb in dieser Woche nicht die einzige Klasse, die mir diese Frage nach den schlagzeilenträchtigen Nachrichten der vergangenen Tage am Beginn des Religionsunterrichts stellte. In der Anlagenmechaniker-Klasse lief das Gespräch irgendwann auf den Punkt hinaus: „Die Kirche nimmt doch keiner mehr ernst!"

Ich kann mich nicht mehr genau erinnern, wie ich reagierte, was ich genau sagte. War es mehr als nur die eigene Erschütterung über die Fälle von sexuellem Missbrauch?

Mir stellte sich – nicht zum ersten Mal in meinem Leben – die Frage, wozu Kirche eigentlich da ist. Und auch im Gespräch mit den Anlagenmechaniker-Lehrlingen kam ich auf diese Frage zu sprechen, auf diese allgemeine Suchrichtung im Leben, der Kirche eine Antwort anbieten will.

Es gibt dieses generelle, scheinbar tief sitzende Misstrauen gegenüber „Kirche", „Vatikan" oder „Papst", welches vor allem mit Verheimlichung und Vertuschen (so schwammig die Aussagen manchmal auch sind) begründet wird.

Ja, wozu ist „Kirche" da? Auf der Suche nach einer Antwort für meine Anlagenmechaniker stieß ich schließlich auf 1.600 Jahre alte Worte des Kirchenvaters Augustinus. Er hatte sie eigentlich für sich selbst als Maßstab seines Bischofsamtes formuliert. Aber als Maßstab dessen, was Kirche heute soll und kann konnte ich sie gut am Anfang des nächsten Wochenblocks den werdenden Anlagenmechanikern vorlesen:

UNRUHESTIFTER ZURECHTWEISEN/ KLEINMÜTIGE TRÖSTEN/ SICH DER SCHWACHEN ANNEHMEN/ GEGNER WIDERLEGEN/ UNGEBILDETE LEHREN/ TRÄGE WACHRÜTTELN/ EINGEBILDETEN DEN RECHTEN PLATZ ANWEISEN/ STREITENDE BESÄNFTIGEN/ ARMEN HELFEN/ UNTERDRÜCKTE BEFREIEN/ GUTE ERMUTIGEN/ BÖSE ERTRAGEN UND - ACH - ALLE LIEBEN.

*

Anthony

Als Jurek im Unterricht einen Vortrag über das Christentum hielt, hatte Anthony die interessanten Fragen gestellt. Ist

Jesus schwarz? Wurde die Bibel verändert? Auf diese wusste auch Jurek keine Antwort.

Anthony war in einer Klasse mit so genannten „Sprachanfängern". Junge Erwachsene aus afrikanischen Ländern, teils Flüchtlinge, polnische, türkische, marokkanische. Neun Nationen waren hier unter 16 Schülern vertreten, mit ihren eigenen Lebensgeschichten.

Wenige Wochen nach Beginn des Schuljahres hatte ich eine Übung gemacht. Aus einer Vielzahl von ausgelegten Fotos sollte sich jeder Schüler eines zu Glück oder Unglück aussuchen. Unter den vorgelegten Bildern war auch ein Foto, das ehemalige Soldaten aus Sierra Leone beim Fußballspielen zeigte. Sie hatten ein Bein, einen Arm oder ein anderes Körperglied im Krieg verloren. Das Bild hatte einen „World Press Photo - Award" errungen. Anthony kannte das Bild. Er kam aus Sierra Leone. Ich hatte ihn nicht nach weiteren Hintergründen gefragt.

Nach dem Pausengong kam er noch einmal in die Klasse. Aber Jurek redete noch mit mir. Er wollte die Bibel, die ich ihm letzte Woche ausgeliehen hatte, noch behalten, weil er die Bibel nicht nur auf polnisch, sondern auch auf deutsch lesen wollte.

Anthony hatte sich dabei direkt vor uns in die Bank gesetzt. Nun fragte er noch einmal genauer nach mit der Bibel. Warum die Menschen das aufgeschrieben hätten, und wie das genauer mit dem Unterschied zum Koran sei. Er selbst sei Muslim. Er erzählte von seinen Eltern, seinem Vater, der Muslim gewesen sei, und seiner Mutter, einer Christin. Wie er in diesem Umfeld wohl groß wurde? Ich fragte, ob seine Eltern noch lebten. Nein, sie seien tot. Wann sie gestorben seien? 1996. Sie wurden erschossen. Vor seinen Augen.

Jurek half mir in diesem Moment. Denn er sagte, ja, Anthony habe ihm das auch schon erzählt.

Noch 12 Jahre blieb Anthony in Sierra Leone, arbeitete in einer Mine, die ein Deutscher betrieb. Nun ist er hier. In diesem Klassenraum. Und ich ahne nicht, was Menschen in dieser einen großen Welt erfahren und erlebt haben – und was sie doch auch an Güte, Interesse und Lebenswille ausstrahlen.

*

Die tieferen Schichten - ich bleibe blind

Die heilige Teresa von Avila schreibt in ihrer „inneren Burg" sinngemäß von verschiedenen „Schichten", die es zu durchdringen gelte, um ganz zum innersten Personenkern vorzudringen. Von vielem Schutt und Müll umgeben, gelinge das aber schwer. Manche Menschen hätten einen so schweren Panzer um sich herum, dass es Gott sehr schwer falle, da durchzukommen.

Wie viel Schutt und Müll manche meiner Schüler mit herum schleppen? Manchmal ist er ganz plötzlich da. Marina hatte nach dem Ende der Stunde nur die belanglose Feststellung gemacht, dass sie am Mittwoch nicht mit ins Kino fahren könne. Ihre Mutter gebe ihr kein Geld. Ich sagte, dies sei kein Problem, es gebe schon eine Lösung. Aber irgendwie hatte ich ein seltsames Gefühl, zumal sie noch im Klassenraum blieb. Und dann brach es nach und nach heraus. Zuerst sah ich die Tränen in ihren Augen, einem gestandenen jungen Mädchen, das bald 18 Jahre alt werden würde. Ihre Mutter hätte sie schon wieder aus der Wohnung geworfen. Bei der letzten Berufsfachschulkonferenz war kurz von Schwierigkeiten mit ihrer Mutter berichtet worden. Ihr Vater habe eine Behinderung. Marina musste einiges auffangen. Mit Erschrecken fiel mir auf, wie wenig ich von ihrem Kummer im Unterricht gemerkt hatte.

Wie viel „Müll" und „Unrat" ist bei meinen Schülern vorhanden, von dem ich nichts weiß.

*

Unsicherheiten

Wie oft ist mir das schon so gegangen? Die geplante Unterrichtseinheit offenbart beim Unterrichten Schwächen und eine gewisse Unlogik. Wie überspiele ich das möglichst so geschickt, dass die Klasse nichts davon mitbekommt?

In solchen Momenten denke ich an die Schauspieler und die „Schaumschläger" dieser Welt, die ihr Handwerk ganz selbstverständlich verrichten. Ich stehe dann da - aber nicht immer gelingt mir die richtige Wendung.

Heute morgen will ich die Unterrichtseinheit „Arbeit und Menschenwürde" fortführen. Ich hatte mir den Kurzfilm „15 Minuten Wahrheit" besorgt. Vom schnellen Durchlesen des Inhalts schien mir dieser Kurzfilm als abschließender

Diskussionsstoff geeignet. Aber am Abend musste vor der Unterrichtsvorbereitung auch noch die zweite Halbzeit eines Fußballspiels im Fernsehen gesehen werden. So blieb keine Zeit, mir den Kurzfilm vorab anzuschauen.

Nun saß ich im Klassenraum und schon während der ersten fünf Minuten dämmerte mir, dass der Film überhaupt nicht passte. Aber noch waren 20 Minuten bis zur großen Pause zu „überbrücken" - vielleicht sollte ich es besser „überstottern" bezeichnen. Schließlich tat ich noch ein gedankenvolles Schweigen kund, welches die Klasse tatsächlich mit Schweigen beantwortete, aber die letzte Minute bis zur Pause schaffte ich dann doch nicht mehr. Also dann, „eine gute Pause und eine schöne Woche noch".

*

Man braucht etwas, das einem hilft

Fünf Schüler aus dem zweiten Lehrjahr der Anlagenmechaniker – Reinhard Mey würde von angehenden Klempnern singen – schwänzen meinen Unterricht.

Mit den verbliebenen 11 Auszubildenden ergibt sich eine Grundsatzdiskussion über Sinn und Unsinn von Religionsunterricht. Ich frage nach, was denn „eigentlich" interessant sein könnte. Schließlich kommt die Idee auf, sich einmal Zusammenhänge von Religion und Musik anzuschauen.

Gegen Ende der Stunde erklären sich Til, Riccardo und Ben bereit, etwas für die nächste Stunde vorzubereiten.

Riccardo und Ben haben dann tatsächlich etwas für die nächste Stunde vorbereitet. Angesichts der Tatsache, dass ich in den klassischen Berufsschulklassen nie Hausaufgaben aufgebe, eine Besonderheit.

Riccardo stellt ein Klavierstück von Yann Thiersen aus dem Spielfilm „Fabelhafte Welt der Amelie" vor. Ein Schüler fragt ihn: „Gibst du dir das den ganzen Tag?" Riccardo hat in der Klasse eine Sonderstellung. Er sieht kaum wie ein klassischer Klempner aus, hat insgesamt eher „weiche Züge". Im Unterricht stellt er weiterführende Fragen. Nun antwortet er ganz ehrlich: „Ich wollte, dass Ihr mich versteht... das höre ich, wenn ich Aggressionen habe oder wenn es traurig ist."

Ben hat ein Lied von „Frei.wild" dabei. Ein Schüler bemerkt, die seien doch rechts. Ja, könne sein, meint Ben und schildert die Vorgeschichte des Liedes „Junge mach weiter". Dann spielt er das Lied vor. Textzeilen, die akustisch nicht leicht zu verstehen sind - „Es geht um deine Zukunft" - „Steck den Kopf nicht in den Sand". -

„So ne Sch... hörst du?"

Doch der im letzten Block schwänzende Nikola sagt fest und klar: „Es ist zwar nicht meine Musikrichtung, aber das ist wahr, was der singt. - Man braucht etwas, das einem hilft."

Nikola bringt zur nächsten Stunde ein Lied mit; von Sido. „Du hast dich wenig gezeigt" - „Jeder Mensch braucht dich" - „Das hier ist dein Song" - „Ich warte auf ein Zeichen" - „Das hier ist kein Gebet, nur danke" - „Danke, dass du an mich glaubst" - „Das letzte mal, dass ich gebetet hab, ist lange her..."

*

Beten

„Ich habe niemanden, mit dem ich reden kann. Deshalb bete ich. Ja, das klingt komisch, ich weiß, hier in der Klasse, aber es ist so."

„Ich habe gebetet, bevor ich mit meiner Freundin zusammen gezogen bin. Und jetzt geht das. Das Gebet hilft mir, mir klar zu werden, was ich will."

„Na ja, gut, Gebet ist vielleicht das anzuhören, was im Inneren ist."

„Ich glaube ja auch in gewisser Weise an Gott. Ich sage mal so, an die Herkunft, was alles so passiert ist und was in der Bibel steht. Aber was Glück und Pech ist, da hat Gott keinen Einfluss drauf."

Das Thema heute in der 10 BMA lautete eigentlich „Aberglaube". Was lenkt das eigene Leben?

Marcel, der niemanden hat, mit dem er reden kann, kenne ich noch von der Berufsfachschule. Dieser offene und ehrliche Standpunkt berührt mich.

Solch ein offenes und ehrliches Gespräch übers Beten hatte ich in noch keiner Klasse erlebt. Und es scheint einige zu berühren – indirekt oder direkt. Raffael fragt auf einmal genauer nach, was denn eigentlich Depression sei.

*

Barny

Barny ist ein „ruhiger Vertreter"; fast zwei Meter groß, dunkle Hautfarbe, mit einem lockigen Kurzhaaarschnitt. Vor einem Vierteljahr hat er bei einer großen Firma seinen Lehrvertrag unterzeichnet. In der ersten Stunde erzählte er, dass er auch einen US-amerikanischen Pass habe.

Heute bleibt er nach der Doppelstunde, während ich noch Eintragungen ins Klassenbuch mache, im Raum sitzen. Er hat seinen Blaumann an. Der diesjährige Lehrlings-Jahrgang gilt in der Firma wohl insgesamt als schwach. Einige mussten schon öfters nach der Schule noch in den Betrieb, um aufzuräumen oder Dinge nachzuarbeiten. Heute hat es ihn wohl getroffen. Er fühlt sich aber ungerecht behandelt.

In der Klasse gäbe es keinen, mit dem er reden könne. Freundschaft sei etwas Wichtiges. Ein Freund sei mit ihm vergangenes Jahr in den USA gewesen. Sie hätten dort gemeinsam Barnys Familie besucht. Seitdem wolle der Freund nichts mehr mit ihm zu tun haben. Er hätte ihm aber nicht gesagt warum.

Wenn er wolle, könne er jederzeit in den USA arbeiten, sein Onkel hätte ihm eine Stelle angeboten. Aber er wolle gerne die Lehre zu Ende machen. Da sucht ein Mensch seinen Weg.

Die Klasse unterrichte ich nur ein halbes Jahr. Im nächsten Schuljahr sehe ich Barny nicht mehr. Er hat die Lehre abgebrochen. Vielleicht ist er in den USA.

*

Selbstvergewisserungen und Trost

Die 12 BMI – die Industriemechaniker mit Katja unter 17 Männern – ist „eigentlich ganz nett." Dieses Bonmot sagen wir uns im Lehrerzimmer öfter zu, bei Klassen, die nicht ganz unproblematisch sind. Das gilt auch bei der 12 BMI. Ja, wenn da nicht der zappelige, ADHS-verdächtige Tom wäre, oder der ständig mit Katja herum turtelnde Fabio … . Am Ende der Stunde frage ich: „Wen haben Sie denn nach mir? - Ach, Herrn Engels. - Ja, der Herr Engels ist, meine ich, ein guter Lehrer. Ich schätze ihn sehr." – Fabio antwortet: „Der Herr Engels lobt Sie auch immer, Herr Fachinger." - „Na, uns lobt hier doch sonst keiner, da müssen wir zwei uns gegenseitig loben."

Die Montage beginnen manchmal schwer. Auch wenn Kollege Andreas Knauer heute meinte, er hätte sich wieder auf die Schule gefreut, wobei er zuvor sein Leid über eine seiner Klassen geklagt hat.

Die ersten beiden Stunden in der Berufsfachschulklasse 11 BST liefen nicht schlecht, aber ich merkte, dass ich nicht ganz bei der Sache war. Meine Moderation war nicht so souverän, wie sie sein sollte und die Stimme nicht so klar und deutlich, wie sie sein kann. Aber die Doppelstunde ging gut vorbei.

Am Nachmittag habe ich in der Schule noch einiges zu erledigen, da kommen mir die Schüler von der 11 BST entgegen. Marcel meint: „Sie waren heute morgen nicht so gut drauf, oder?" Einen Moment überlege ich, ob er nur auf die schon oft angesprochene Thematik Bezug nahm, dass sein Lieblingsfußballverein aktuell vor dem meinen lag, oder ob er doch etwas anderes gemeint und meine Stimmung wirklich gespürt hatte.

Aber da kommt ihm Selcuk zuvor, der Marcels Meinung klar verneint und sagt: „Herr Fachinger hat immer ein Lächeln. Wenn Sie lachen, scheint die Sonne." Welch ein Trost in dieser Minute.

*

Robin

Robin Jäckel steigt in den gleichen Bus ein, in dem ich schon sitze. Er hat mich nicht gesehen. Aber wir steigen gemeinsam an der gleichen Haltestelle aus. Sein freundliches „Guten Morgen, Herr Fachinger" nehme ich zum Anlass, nicht - wie vorher überlegt - schnell zur Schule, sondern den Weg gemeinsam mit ihm zu gehen. Sein ehrenamtliches Engagement bei der Feuerwehr kommt mir in den Sinn und ich frage danach.

Er erzählt, wie er mit 17 Jahren auf ein Hochhausdach in Holzhausen geeilt sei, weil er der schnellste der Kollegen war. Man sagte ihm nur, ein Selbstmörder stehe oben. Er versuchte ihn aufzuhalten, mit ihm zu reden, während seine Feuerwehrkameraden unten ein Sprungnetz aufbauten. Es musste ein größeres sein, wegen des hohen 12. Stockwerkes, auf dem sie standen. Doch der Mann sprang zu früh.

Was denkt ein 17jähriger dazu? Was hat er alles schon bei der Feuerwehr erlebt? Ganz lapidar erzählt er davon, dass er regelmäßig in einer psychiatrischen Klinik sei.

Und ich denke mir – wieder einmal – wie wenig ich doch von meinen Schülern weiß und vielleicht wissen müsste. Nur um zu verstehen, warum sie manchmal so ein müdes Gesicht machen oder einfach keine Lust haben.

*

Abdullah und Sharif

Ich war wieder einmal mit dem Linienbus unterwegs. Auf den letzten 500 Metern zwischen Bushaltestelle und Schule sehe ich einen jungen Mann auf der anderen Straßenseite mir entgegenlaufen. Das Gesicht kenne ich, aber der Name fällt mir nicht ein. Aber ich erinnere mich, dass er vor zwei Jahren in meinem Unterricht saß. Ein freundlicher junger Mann, aus dem Iran nach Deutschland geflüchtet. Er kommt auf mich zu und begrüßt mich. Wie es mir gehe. Ich erfahre, dass Abdullah einen Ausbildungsplatz als Schuhorthopäde in Frankfurt gefunden hat. Noch immer lebt er in einem Asylheim ganz in der Nähe unserer Schule. Aber dass er eine Ausbildungsstelle gefunden hatte, freute mich.

Als ich weitergehe denke ich an Sharif, den ich heute sehen würde. Ich wusste, dass er ein Cousin von Abdullah ist. Am vergangenen Donnerstag hatte ich von seinem Klassenlehrer gehört, dass seine Freundin tot aufgefunden worden sei. Man hätte wohl zunächst Mord vermutet, und Sharif war selbst kurz in einen Verdachtsmoment geraten. Doch sie hatte sich selbst getötet. Es war schlimm. An jenem Tag hatte ich ihn kurz gesehen.

Als er in meinen Unterricht kommt, ist alle Freundlichkeit, die ich von ihm kenne, von ihm gewichen. Ich spreche kurz mit ihm und frage, ob wir nach der Stunde noch einmal reden könnten. „Der Kern seines Lebens" sei weg. Er zeigt mir ein Bild seiner Freundin. Er wisse gar nicht mehr, wie er weiter leben solle. Abdullah, sein Cousin, sei ihm eine große Hilfe. So sitzen wir, mitten im Klassenraum, während im Forum der Lärm der großen Pause zu hören ist, und er erzählt, dass es nicht gut sei zu weinen, so hätte er gehört. Es sei seine einzige Liebe gewesen, nie hätte er vorher eine Freundin gehabt. Was soll ich da sagen?

Vier Jahre später meint ein freundlicher Eisenwarenhändler, dass sie diese Sorten von Ösen, wie ich sie suche, nicht hätten. Aber ich sollte mal bei dem Schuster links um die Ecke fragen, die hätten vielleicht so etwas. Der Laden liegt wirklich ganz versteckt links um die Ecke. Als ich eintrete klingelt eine Glocke von der Decke. Hinter einer Regalwand, in welcher reparierte Schuhe stehen, höre ich ein Gespräch, welches sich arabisch anhört. Es dauert einen Moment, bis ein junger Mann hinter der Regalwand hervorkommt. Er schaut mich freundlich an, grüßt und fragt mich, wie es mir gehe. Das Gesicht erkenne ich wieder. Einen kurzen Moment weiß ich den Namen nicht mehr, aber dann fällt der Groschen - Abdullah. Seit einiger Zeit arbeitet er hier als

Schuster, hat seine Gesellenprüfung schon länger absolviert und bereitet sich auf die Meisterprüfung vor. Sein Bruder sei vor 7 Monaten nach Deutschland gekommen und auch er wolle das Schusterhandwerk lernen.

Ein junger Mann aus dem Iran, mit anfänglichen Sprachproblemen, schafft hier den Hauptschulabschluss, findet eine Lehrstelle als Schuster und macht bald seinen Meister. Beim nächsten Mal frage ich ihn nach Sharif. Er ist bei Verwandten in den USA. Es gehe ihm gut.

*

Mateo

Die Töne kommen leise und zaghaft. Fast kindlich, denke ich, zupft er die Saiten meiner Gitarre - „Greensleeves".

Es war einer der letzten Tage vor den Weihnachtsferien. Vor Beginn der ersten Unterrichtsstunde hatte der Lehrerchor im Forum Lieder zum Advent gesungen. Kollege Hartwig Wagner und ich hatten ihn mit Trompete und Gitarre begleitet. Die Schüler der 10 BST-1 hatten zugehört an diesem Morgen. Als sie in den Religionsraum kommen, wollen sie ein weiteres Adventslied von mir hören. So hole ich meine Gitarre, die ich gerade im Schrank verschließen wollte, noch einmal hervor. Ich spiele „Es kommt ein Schiff geladen" vor und singe dazu. Nach dem Applaus kommt mir die Idee zu fragen, ob einer von ihnen denn Gitarre spielen könne. Und so meldet sich Mateo.

Er sitzt von Anfang des Schuljahres an ziemlich isoliert in der Klasse. Nach den „Kennenlern- und Orientierungstagen" im Haus Franziskus war er ein wenig mehr integriert. Doch immer wieder versuchen einige aus der Klasse, sich über ihn lustig zu machen. In seinen Bewegungen wirkt er ungelenk. Manchmal denke ich an eine „wandelnde Bombe". Dann habe ich den Eindruck, dass in ihm ganz viel arbeitet. Er hat wohl teils traumatische Erfahrungen gemacht. Die Klassenlehrerin erzählte davon, dass sein Vater Profiboxer sei und seinen Sohn geschlagen habe.

Da er sich in Gruppenarbeiten immer unheimlich bemüht und auch eine gute Klassenarbeit geschrieben hatte, gab ich ihm wenige Wochen später im ersten Halbjahreszeugnis in Religion sogar eine zwei.

Und nun sagt er, er könne Gitarre spielen. Ich denke, er muss es wirklich gut können, wenn er sich das traut.

Und dann kommt zögerlich und zaghaft dieses einfach gezupfte „Greensleeves". Ein, zwei Mal vergreift er sich. Es klingt nach dem Anfangsstück einer Gitarrenschule. Insgeheim hoffe ich, dass die Klasse ruhig bleibt. Es bleibt ruhig und am Ende gibt es großen Applaus. Anerkennung und Stolz, etwas geschafft zu haben, strahlen aus seinem Gesicht.

*

Selig die Armen

Es ist mein „verflixtes siebtes Jahr" an der Schule. Vieles scheint mir mühsam und anstrengend, Ideen und Visionen sind selten.

Der Unterricht in der 12 BI-2 bildet da oft eine Ausnahme. Obwohl gerade diese Klasse nicht sehr motiviert für Religion ist. Die Auszubildenden sind im letzten Lehrjahr, machen in drei Wochen ihre Prüfung. Ein Teil der Klasse – fünf Auszubildende – ist nicht mehr anwesend, da sie die Prüfung vorgezogen haben. Das waren die letzten zwei Jahre in meinem Unterricht „die Besten". Heute morgen empfängt mich die Klasse mit der Frage „Können wir nicht Prüfungsvorbereitung machen, so wie in den anderen Fächern?" Kurz kommt die Versuchung, dem nachzugeben, und „nichts" machen zu müssen.

Aber ich wollte noch das Thema „Moral und Ethik heute" loswerden. Kein Interesse. Was soll ich tun? Ein Auszubildender kartet nach. Er meint, dass die Kirche ja auch nicht immer moralisch handeln würde. Sie wäre so reich und es gäbe so viele Arme.

Mir schießt Verschiedenes durch den Kopf. Erst einmal gebe ich dem Auszubildenden recht. Aber viele Schätze und Reichtümer der Kirche seien in gewisser Weise unverkäuflich. Man könne sie nicht einfach verhökern. „Stellen Sie sich vor, die ‚Pieta' von Michelangelo würde vielleicht in einem russischen Bordell auftauchen." Ich weiß, das ist ein drastisch gewähltes Beispiel. Ich scheine russische Phobien zu pflegen.

Dann kommt mir in den Sinn, was mir beim letzten Besuch in Assisi durch den Kopf ging. Ich erzähle vom Widerspruch des „armen" Franziskus und seiner „reichen" Grabeskirche. Wenn eine Kirche reich ausgestattet und ausgemalt sei, sollte es immer um etwas Größeres, um Gott, gehen. Aber am Beispiel des Franz von Assisi tauche auch die Frage auf, ob das, was in seiner Wirkungsgeschichte zu sehen sei, noch mit dem Wanderprediger Jesus in Galiläa zu tun habe. Die Glaubwürdigkeit von Kirche stelle sich. Und es wird ernsthaft und es geht um „existentielle" Dinge des Glaubens.

*

Von Geistern und anderen Wesen

Wenn das Unterrichtsthema „Das Böse" heißt, erzählen muslimische Schüler meist von Dschinns. Es sind wohl recht ambivalente Geisterwesen im muslimischen Glauben.

Fatih war einige Jahre in der Berufsfachschule mein Schüler, hatte aber seinen Abschluss nicht geschafft. Er verschwand zwei Jahre von der Schule. Seit diesem Schuljahr ist er wieder da. Er hat einen Ausbildungsplatz gefunden. In der Pause grüßen wir uns freundlich, haben aber keinen gemeinsamen Religionsunterricht.

Am letzten Schultag vor den Osterferien klopft es während einer Unterrichtsstunde an der Tür des Religionsraums. Fatih steht davor. Er müsse mich dringend sprechen, ob ich Zeit habe. Ich frage nach, ob er bis zur Pause warten könne. Nach dem Pausengong kommt er wieder. Er setzt sich und fragt, ob ich Dschinns kenne. Kürzlich habe er seiner Freundin, die keine Muslima sei, davon erzählt. Bei einem Spaziergang hätte sie sich darüber lustig gemacht und „Dschinn, Dschinn" gerufen. Sie solle damit aufhören, die Dschinns würden das hören. Anschließend seien sie in ihre Wohnung gegangen. Gegen Abend sei er nach Hause gefahren.

Am nächsten Morgen hätte seine Freundin ihn angerufen und gefragt, was er denn in ihrer Wohnung gemacht hätte. Sie hätte Geräusche gehört und die Schuhe vor der Tür seien verstellt worden. Fatih sagte ihr, dass er nachts nicht bei ihr gewesen sei. Mit den Schuhen hätte er auch nichts zu tun. Er zeigt mir auf seinem Smartphone ein Foto, das die Schuhe vor der Wohnung seiner Freundin in etwas eigenartiger Anordnung zeigen soll.

Fatih scheint fest davon überzeugt, dass ein Dschinn die Schuhe benutzt habe. Alle anderen Erklärungen, auch dass das jemand aus dem Mietshaus gemacht hätte, würden ausscheiden. Am nächsten Tag hätten die Schuhe wieder genau so gestanden. Seine Freundin hätte nun Angst.

In meinem rational denkenden Kopf, der nicht an Dschinns glaubt, rattert es. Dieser Kopf weiß allerdings auch, dass es „mehr" gibt zwischen Himmel und Erde. Das sage ich ihm auch. Von meinem Glauben her könne es nicht sein, dass Gott Menschen Angst machen wolle. Vielleicht sei es am besten, den Dschinns, wenn es denn welche seien, gar keine Macht zu geben. Und sich innerlich zu sagen, ihr könnt uns keine Angst machen. Zudem sage ich Fatih, es sei ja bislang keinem irgendwie Schaden entstanden.

Im Gespräch erinnerte ich mich an eine Erfahrung vor vielen Jahren. In einer Frankfurter Kirchengemeinde wollte ein Mann von mir die Wohnung „ausgesegnet" haben. Ich hatte seine junge Frau beerdigt. Der Wunsch kam mir suspekt vor - tote Geister vertreiben? Ich erfuhr, dass es wohl Tradition in seinem Heimatland war. Und ich tat das, was der Mann wünschte und merkte, wie es ihn beruhigte.

So sagte ich Fatih, wenn es ernst würde, könnten wir ja auch die Wohnung seiner Freundin „aussegnen" - wenn er das wünsche. In dem Moment ahnte ich, dass mein Freund Christian sagen würde, jetzt bist du endgültig ein Exorzist.

Es tauchten keine Dschinns mehr auf.

*

„Haben Sie mal kurz Zeit?"

Maximilian kommt nach dem Unterricht zu mir. Er ist im Unterricht sehr verschlossen. Die Klassenlehrerin erzählt, dass er wohl von Mitschüler gemobbt werde. Ich kann ihn mir von seiner äußeren Erscheinung her gut als „Opfer" vorstellen. Er müsse mir etwas von seiner Freundin zeigen. Sie hätte eine Nahtoderfahrung gehabt, die sehr schrecklich gewesen sei. Was er davon zu halten habe. Er zeigt mir entsprechende Emails auf seinem Handy und lässt mich lesen.

Seine Freundin spricht darin von der Hölle. Maximilian sagt mir, dass wohl auch ihr Leben bislang eher eine Hölle gewesen sei. Aber er geht nicht ins Detail. Ich denke an Drogen. Die Freundin lebe weiter weg in der Nähe von Bayern. Ich versuche ihn zu ermutigen, seine Freundin zu unterstützen und erzähle ein wenig von dem, was ich von Nahtoderfahrungen weiß.

„Haben Sie mal 5 Minuten für mich Zeit?" Tim fragt mich während der „Kennenlern- und Orientierungstage" der 10 BST. Es sei aber auch nicht so wichtig, wir könnten auch nächste Woche in der Schule noch mal reden. Vor der Mittagspause spreche ich ihn an.

Er hätte einen Cousin in der Eifel. Der hätte ihm gestern eine sms geschickt. Drei Freunde seien bei einem Autounfall ums Leben gekommen. Tim kannte sie. Und die Mutter von zwei verunglückten Brüdern kenne er auch gut. Er wisse nicht, was er jetzt tun solle. Das wäre ihm noch nie passiert. Vielleicht wüsste ich ja, was er machen könne.

Ich kann zunächst nur meine Sprachlosigkeit teilen. Ich erzähle von eigener Erfahrung. Es sei wichtig, Eltern von verstorbenen Kindern zu sagen, wie sehr man diese geschätzt habe.

Mir geht einiges durch den Kopf. Aber ich drücke wohl mehr Hilflosigkeit aus. Trotzdem bedankt sich Tim. Es waren mehr als 5 Minuten.

3 Jahre später erhalte ich eine Mail. „Erinnern Sie sich an mich? Ich bins, der Tim, aus der 10 BST. Ich war jetzt zwei Jahre im Ausland und hatte viel Zeit nachzudenken. Und da musste ich daran denken, wie Sie mir ..."

*

„Kommen Sie doch zu uns!"

Ich wollte in der 10 BI-1 nur noch einmal die letzte Stunde zusammen fassen. Die Auszubildenden hatten sich mit der Frage „Was ist Religion?" beschäftigt. Ich las noch einmal die Definitionsversuche der Schüler vor.

Am Versuch „Wenn mehrere Menschen – organisiert – glauben" blieb Marco hängen. Er meinte, das klinge wie organisiertes Verbrechen. Und das sei ja doch auch so. Kirchensteuer und Bau des Petersdoms mithilfe von Ablassbriefen wurden schnell „ausgepackt" und eine Differenzierung war kaum möglich.

Die gesamte Schulstunde war nun gefüllt, und es ging um die Verflechtungen von Kirche und Staat und die Einmaligkeit dieser Situation in Deutschland. Glücklicherweise hatte ich mich zwei Tage vorher seit langem wieder einmal aktualisiert informiert, auch geschichtlich. So konnte ich von der Säkularisation und der daraus resultierenden Entwicklung hin zur Kirchensteuer erzählen. Ein Auszubildender erzählte, dass man auch noch bezahlen müsse, wenn man in einen kirchlichen Kindergarten gehe. Es stellte sich heraus, dass es um eine Tagesstätte mit Nachmittagsbetreuung ging. Kirchliche Schulen als Elitenbildungsstätten wurden genannt.

Ich äußerte zum ein oder anderen auch meine Bedenken. Zweifelte in mancherlei Hinsicht die Verquickung von Kirche und Staat in Deutschland an. Ein Auszubildender meinte, aus der Kirche austreten könne man auch nur gegen eine Gebühr von € 36. Ein Freund habe das erzählt. Da konnte ich nur sagen, dass dieses Geld wohl von der Kommune eingenommen werde, auf keinen Fall von der Kirche. Das Ganze und Grundsätzliche - und ich mittendrin.

Am Ende der Stunde meinte ich, dass ich mich manchmal zwischen zwei Fronten fühlte: „Schule" und „Kirche", „Kirche" und „Welt": Und was erwidert Yannik? „Kommen Sie doch zu uns!" Wahrscheinlich war es eine nett gemeinte Einladung.

*

Meditation über ein Poster

„Religion" steht in weißen klaren Buchstaben auf dem unteren Rand des Plakats. Blauer Hintergrund, darüber eine Skizze in blau-weiß, einem Himmel ähnlich.

Das Plakat, das eigentlich für Religionslehrer wirbt, habe ich am untersten Rand abgeschnitten. „(...) unterrichten an beruflichen Schulen" fehlt jetzt und nur noch das Wort „Religion" ist zu lesen. Ich habe es vor einigen Jahren nach einem schulischen Informationstag an der Innenseite der Tür des Religionsraumes hängen lassen.
Ist es Spiegelbild meines Unterrichts?

An verschiedenen Stellen eingerissen, einige Teile habe ich schon mal ganz abgeschnitten, weil es nicht mehr schön aussah. Mit Klebestreifen habe ich immer wieder nachgebessert. Aber noch hält es sich - an der Tür. Noch keiner hat es

irgendwann ganz abgerissen. Oft genug ist der Religionsraum auch von fachfremden Kollegen und Kolleginnen be-
setzt.

„Religion" hält sich, auch wenn ihr Ansehen beschädigt
ist.

*

Gedankenketten

Das dritte Lehrjahr der Metallbauer ist wieder da. Sie sitzen
Anfang des zweiten Halbjahres in ihrem vierteljährlichen
Block wieder donnerstags die ersten beiden Stunden in mei-
nem Unterricht.

Die Eingangsfrage von Michel: „Wie geht es Ihnen,
Herr Fachinger?" „Gibt es Neues von Ihrem Bischof?" Da
war noch ein Nachtrag vom letzten Halbjahr über die Frage
„Können Blinde sehen?" Ich lese einen entsprechenden Beitrag zu der Frage aus einer Zeitschrift vor.

Die Auszubildenden kommen auf eigene Gedanken.
Was sehen wir, wenn wir nicht sehen? Wie schärfen sich
bestimmte Sinne, wenn andere nicht funktionsfähig sind?
Sebastian erzählt von einer Nichte, die seit Geburt hörbe-
hindert sei. Sascha sagt, wenn er nicht mehr sehen könne,
wolle er nicht mehr leben. Der Film „Schmetterling und
Taucherglocke" kommt mir in den Sinn. Ich erzähle die Geschichte jenes Elle-Journalisten, der nach der Diagnose
„Locked-In-Syndrom" nicht mehr leben will. Dann aber die

Erinnerung für sich als großen Schatz entdeckt und diese für ihn Motivation und Lebenssinn darstellt.

Dann kommt das Thema „Samenspende" auf und die Frage nach der eigenen Identität. Ben erzählt davon, dass sein amerikanischer Vater keinen Kontakt zu ihm wolle, obwohl er das gerne hätte. Aber es gebe eben kein Recht für ihn in diesem Sinn.

Ich hatte mir vorgenommen, den Auszubildenden die so genannte „Frankfurter Erklärung" über die Bedeutung des Berufsschulreligionsunterrichts vorzulegen. Mir war schon klar, dass es hier vor allem um eine politische Stellungnahme ging. Trotzdem dachte ich, es gehe ja doch auch um die Auszubildenden und Berufsschülerinnen und Berufsschüler, wie in der Erklärung erwähnt. So gebe ich der Klasse diese in Auszügen zu lesen und warte auf Reaktionen.

Oliver erwähnt, dass hier sehr „hochgestochen" geredet würde, man hätte sich auch kürzer fassen können. Er finde es selbst wichtig, dass man sich in der Berufsschule auch über andere Themen als nur über den Beruf unterhalte. Ben meint, dass man Religion als Wahlfach einrichten solle. Für ihn bedeute der Religionsunterricht „Diskussionsfreiheit". Es werde auch nicht nur über Bibel und so ein Zeug geredet. „Es geht um uns." Man sollte das mit Religion einfach so machen, und nicht so sehr in Frage stellen.

*

Von der Vergeblichkeit

Manchmal taucht sie auf – die Vergeblichkeit des eigenen Tuns. Ich frage mich, was ich tue, für wen und warum.

Heute beaufsichtige ich den Teil einer Klasse in „Ethik", die kein „Religion" wollte. Es ist eine interne Regelung mit einem Kollegen, der dieses Halbjahr neu anfing und sich im Regelwerk der Schule noch nicht so gut auskannte.

Eigentlich sind es interessierte Auszubildende, die ich vor mir sitzen habe und nun Arbeitsblätter in Ethik ausfüllen. Denn sie reden in ihren Argumenten gegen Religion teilweise sehr informiert und abstrahiert. Aber ich versuche lange Diskussionen zu meiden, um kein Unterrichtsgefühl aufkommen zu lassen, denn der „Sinn" dieser Regelung sollte eigentlich sein, einzusehen, dass der Unterricht im Klassenverband sinnvoller ist – unabhängig von den Themen und unabhängig von dem Namen des Fachs. Wir kommen hier wieder in die Untiefen, in denen ich mich als Religionslehrer manchmal vorfinde. Die Unklarheiten der Situation, der rechtlichen, auch der gesellschaftlichen von Religion. Ich habe nicht immer eine Antwort, manchmal nur Schweigen, manchmal nur Ratlosigkeit – und doch weiß ich, dass persönliche Kompetenzen gefördert werden müssen. Ich denke an die Klasse von Anlagenmechanikern ein oder zwei Jahre zurück. Da war es teilweise auch schwierig mit der Motivation, egal welches Thema es zum Teil auch war. Hier wird alles abverlangt von einem.

Die Vergeblichkeit des eigenen Tuns. Immer wieder die Schüler motivieren, und damit auch sich selbst. Auf ein Thema heben, das sie zunächst nicht wollen. Abholen. Mitnehmen. Welche Worte auch immer für diese Tätigkeit passend sind.

*

Gut hier zu sein

„Sinn suchen" mit der 10 BM-3, die mir mit ihrer überschaubaren Größe und ihrem Interesse ans Herz gewachsen ist.

Es ist eine kleine Klasse mit 9 Auszubildenden und drei von ihnen kenne ich schon aus früheren Jahren. Moritz war im Berufsvorbereitungsjahr bei mir. Karsten habe ich drei Jahre in der Berufsfachschule unterrichtet. Er hat mit mir vor Jahren eine Adventbesinnung vorbereitet. Das Bild habe ich noch vor Augen, wie er, eher ungelenk wirkend, sich vor 400 Schüler im Forum stellt und einen Text vorliest. Auch Selcuk hat drei Jahre Berufsfachschule mit mir als Religionslehrer erlebt. Als einer von wenigen Schülern hat er das Privileg, bei der Begrüßung „Gott segne Sie!" zu mir zu sagen.

Wie dies zustande kam weiß ich nicht mehr. Arbnor Cokovic, auch ein Berufsfachschüler, steckte wohl mit dahinter. Jedenfalls entwickelte sich dieser Segenswunsch für den Religionslehrer im Laufe meines dritten Schuljahres. Es waren mehrheitlich muslimische Schüler, die ihn verwendeten.

Nun sind alle drei - Moritz, Karsten und Selcuk - im Metallbau tätig. Und gemeinsam sind wir an diesem Morgen am „Sinn suchen".

Patrick bringt als Lied Kool Savas „Nur ein Spiel" mit. Serhat von Samy Deluxe „Ich glaub an dich": „Leben ist ein Kampf…" und Ömer von Kontra K „Alphabet": „Soviel leeres Zeug …"

Ein dreiviertel Jahr später, vorletzte Stunde vor den Sommerferien, welche für die Auszubildenden keinen Urlaub bedeuten. Ich lasse die Klasse in drei Kleingruppen arbeiten. Anhand eines Religionsbuches geht es um „Leben gelebt", „Leben mit Behinderung" und „Leben mit Katastrophen".

Patrick ist schon 23 Jahre alt ist. In anderen Unterrichtsstunden hat er angedeutet, dass er schon viel Mist in seinem Leben gebaut habe.

Im Religionsbuch steht unter einem Kinderbild der Satz, dass Kinder Geschenke Gottes seien, die man nicht ablehnen dürfe. Patrick erzählt von einer Freundin, die nach der Geburt des Kindes vom Kindsvater verlassen wurde. Beim weiteren Erzählen stellt sich heraus, dass es seine Freundin und nicht nur eine ist. Er sei nun jedes Wochenende bei ihr und dem Kind und sei wie ein Vater zu dem Kind und würde sich um es kümmern. Wenn er nach einer anstrengenden Arbeitswoche zu den beiden fahre, die weit weg von ihm wohnten, dann komme über das Lächeln des 8 Monate alten Kindes wieder ganz viel Lebensenergie bei ihm an.

Wenn sie erzählt werden, sind es diese Geschichten von den Auszubildenden und Schülern, die mich bewegen, froh und traurig machen und mich an den Satz des Thomas von Aquin erinnern. „Vita est motui sui." Gut hier zu sein - in diesem „sich bewegenden Leben".

*

Mit Irritationen leben

Die 10 BMM habe ich heute zum zweiten Mal im Unterricht. Wie mit vielen Klassen auch habe ich in der ersten Stunde ein Werte-Spiel begonnen. Heute schließe ich die „Versteigerung" von Werten an. Dabei wird es immer etwas lauter, aber am Ende habe ich den Eindruck, dass da vieles heraus musste. Ich frage nach, was sie denn nun mit den Werten, die sie ersteigert hätten, machen würden, was sich entwickeln könnte.

Einschätzungen kommen, bei denen mir innerlich erst einmal die Haare zu Berge stehen. Marius, der sich vergangenes Mal als der germanischen Religion zugeneigt zu erkennen gab, meint, eine Diktatur sei doch gar nicht so schlecht. Cäsar sei auch so etwas wie ein Diktator gewesen, aber hätte es insgesamt doch ganz gut gemacht. Besim, ein alevitischer Kurde und ein Kerl wie ein Schrank, ergänzt, auch Hitler wäre doch ganz gut gewesen. Die Deutschen hätten immerhin etwas zu arbeiten gehabt. Das mit den Juden sei schlecht gewesen. Innerlich schluckt es, aber da sich viele melden, halte ich mich mit Kommentierungen zurück. So langsam fängt die Klasse an, selbst über das nachzudenken, was sie sagt. Ich hatte mir in der Unterrichtsvorbereitung notiert, aus aktuellem Anlass zum Tod von Nelson Mandela etwas zu sagen - vielleicht als Beispiel eines „positiven Diktators"? Da kommt mir Besim dazwischen, der von Mandela erzählt und auch einiges von ihm weiß. Und er beendet dann auch in gewisser Weise die Diskussion mit einer neuen Frage: „Wie fühlt man sich eigentlich als deutsches Volk, mit dieser Geschichte?" Es entsteht eine neue Antworten-Runde. Der Pausengong ertönt.

*

Hasan

Am Tag der offenen Tür war noch alles in Ordnung gewesen. Hasan hatte mir eine Zusatzarbeit abgegeben, wie abgesprochen, um seine Note zum Besseren hin zu verändern. Der Text war gut geschrieben und begründet, warum Martin Luther King für ihn ein Vorbild sein könnte. Der Konflikt, den ich mit ihm einige Wochen vor Weihnachten hatte, und für den er sich noch nicht entschuldigt hatte, schien weit weg zu sein.

Zwei Tage später, Montagmorgen, ich hatte später Unterricht und war gerade 20 Minuten in der Schule. Die Pause hatte begonnen. Nach dem Gong kommt die Durchsage „Die Kollegen ... , Fachinger, ... treffen sich jetzt im Raum 1.306 zu einer Besprechung." Mir war nicht klar, ob ich etwas verpasst hatte, eine Einladung, ein sonstiger Hinweis. Ich mache mich auf den Weg zum Raum 1.306, treffe dort den Kollegen Hennig und Kollegin D. Schulz. Sonst war noch niemand da, und keiner der beiden wusste etwas. Wir vermuteten, dass es um die Berufsfachschule gehen könnte.

Dann kommen die beiden Klassenlehrerinnen. Kollegin Winter eröffnet und berichtet schnell, was sich in der Nacht von Samstag auf Sonntag ereignet hatte. Eine Nachricht war auf ihre Mailbox gesprochen worden, in der sich der Schüler Hasan Barek mit Namen meldet und sagt, „die alte Schlampe, ich stech sie ab…" Kollegin Winter war damit eindeutig nicht gemeint.

Die Polizei war heute früh schon in der Schule gewesen. Der Schulleiter hatte mit dem betreffenden Schüler das Gespräch gesucht. Dieser hatte den Schulleiter angeschrien, die Situation schien zu eskalieren. So kam die Polizei, die wohl schon Erfahrungen mit dem Schüler gemacht hatte. Ein Hausverbot wurde erteilt. Wir waren informiert und am nächsten Tag gab es eine Konferenz.

Hasan bestritt die Vorwürfe, er hätte diese Nachricht nicht auf Band gesprochen. Bekannt oder vermutet unter den Kollegen wurde, dass er ein Drogenproblem habe, und im Rausch dies wohl so gesagt haben könnte.

Alle Kollegen - einschließlich ich mit meiner Erfahrung - hatten Hasan schon überreagierend erlebt. Die bedrohte Kollegin könne verständlicherweise nicht mehr mit ihm in einem Raum sein. Eine Lösung wäre, ihn auf eine andere Schule zu überweisen.

Unter den Schülern der beiden Klassen in der Berufsfachschule scheint sich eine Solidarisierung mit Hasan breit zu machen. Ich rede mit seiner Klasse darüber, schränke die Zeit aber ein, da ich weiß, dass schon andere Kollegen in den Klassen darüber gesprochen haben. Wie sieht grundsätzlich das Verhältnis Schüler-Lehrer aus? Geht es um Respekt, Zusammenarbeit in einer Schulgemeinde? Viele Dinge fallen mir ein, die mich schon seit Monaten umtreiben. Die Passivität einiger Kollegen, eine gewisse Egal-Haltung nervt mich. Tun wir genug für die Beziehung Lehrer - Schüler? Gerade in den schwierigeren Schulformen?

Hasan wechselt auf eine andere Schule.

*

Sterben - jetzt nicht

Ich bin irritiert, wenn Schüler solche Angst vor dem Thema „Tod" haben, dass sie sich weigern, sich damit zu beschäftigen.

In der 11 BI-1 ging es um das Thema „Sterbehilfe". Darüber zu reden, war leicht. Wie „sinnvoll" sie sei, und dass jeder das Recht auf seinen eigenen Tod haben sollte. Auch eine Diskussion um „illegale" Sterbehelfer in Deutschland lief gut.

Als ich versuchte, „Sterbehilfe" in den Rahmen von „Sterbebegleitung" zu stellen, ging auf einmal ein Riegel zu.

Ich hatte begonnen, den Dokumentarfilm „Die letzte Reise" zu zeigen. Darin geht es um die letzten Lebenswochen von drei Menschen, in einem Hospiz oder zuhause. Die größer werdende Unruhe irritierte mich. Nach ungefähr 25

Minuten stoppte ich den Film. „Sollen wir jetzt zusehen, wie diese Menschen sterben?" fragte Peter. Was das mit Sterbehilfe zu tun habe, sie alle hätten schon Sterben erlebt.

Ich hatte vor Anfang des Films schon von der Zumutung gesprochen, die der Film bedeute. Aber man könne sich eben nicht nur „theoretisch" dem Sterben nähern. Yannik bringt es auf den Punkt: er sei noch jung, und wolle darüber nichts sehen und auch nicht darüber reden. Als ich entgegne, dass ich in den letzten Jahren schon bei drei Beerdigungen von Schülern gewesen sei, schaut mich nicht nur Florian erstaunt an.

Ich frage mich, wie man inhaltlich-theoretisch über Sterbehilfe reden will, ohne über das eigene Sterben nachzudenken. „Nein danke, wir sterben nicht!" Eine Karikatur mit gleichnamiger Sprechblase kommt mir in den Sinn.

Die Müdigkeit vertreiben - in einigen Klassen ist das ein brauchbares Unterrichtsziel.

Kevin war heute in der 5. Stunde - bei den Metallbauern im dritten Lehrjahr - ein Kandidat dafür. Er lag mit dem Kopf auf dem Tisch und war eingeschlafen. Bei vielen Auszubildenden ist das eine Art Überlebensstrategie. Die firmenfreien Tage als Ausschlaftag zu nutzen - und natürlich besonders in der „qualifizierten Pause Religion".
Aber ich lasse den Schülern da meist wenig Zeit.

So habe ich heute eine Vier-Ecken-Entscheidung zum Thema Patientenverfügung vorbereitet. Die vier Einstellungen waren von mir vorgelesen und nun in die Ecken gelegt worden, sie mussten sich positionieren. Kevin ließ ich wecken. Er schien nicht viel mitbekommen zu haben von dem Vorgelesenen. Und so fragte er auch etwas schläfrig, warum er denn aufstehen müsse. Er wisse schon um was es gehe. Aber ich sagte ihm nur, dass er Stellung nehmen müsse, das gehe nur im Stehen.

Wenig später hat er seine Position gefunden. Und - bleibt wach bis zum Ende der Doppelstunde. Und - bringt sich auch sehr intensiv in die Frage mit ein, wer was entscheiden könne. Seine Mutter würde im Falle eines Unfalls bestimmt wollen, dass er noch an Maschinen die nächsten 20 Jahre weiterlebe. So macht die Frage nach dem Sterben und dem Wie des Sterbens wach für das Leben.

Montag morgen. Eine Kollegin kommt in der ersten Pause direkt auf mich zugesteuert. Ohne lange zu fragen erzählt sie mir, dass sie als Klassenlehrerin von der Mutter eines Schülers angerufen wurde. Der Bruder des Schülers sei tödlich verunglückt, in Tschechien. Die ganze Familie sei nun dort, Janosch komme nicht in den Unterricht. Die Kollegin ist sprachlos, sie wolle der Klasse etwas sagen. Nun hatte ich die betreffende Klasse nach der ersten Pause im Unterricht. Nach der Information - Stille. Ich frage nach, ob ein Schüler Kontakt zu Janosch habe. Sandro meldet sich, der über Facebook schon Bescheid wusste.

So kommt die Idee auf, ihm einen Gruß der Klasse zu schicken. Ein Blatt Papier geht herum. Jeder schreibt einen Satz für Janosch auf.

„Lass den Kopf nicht hängen, wir glauben an dich. Du schaffst das. Ich weiß, was du gerade durchmachst, mein herzlichstes Beileid. Nicht viele wissen, was du durchmachst, vergiss nicht, nach vorne zu schauen. Es wird nicht immer einfach sein, also Kopf hoch, du bist stark, mein Beileid. Das ist für dich jetzt bestimmt eine schwere Zeit, aber Kopf hoch, es kommen auch wieder bessere Zeiten. Janosch, mein herzliches Beileid, wir werden immer für dich da sein, wenn du reden willst. Wir stehen hinter dir und helfen dir wieder in den normalen Alltag zurück."

Ich sage, dass ich den Brief einscannen, an Sandro mailen würde und der solle ihn an Janosch weitergeben. Sicher wird nicht alles eingeholt werden können, was da steht. Aber es sind Hoffnungen angesichts des Todes.

Vincent Philippi – im letzten Schuljahr noch mein Schüler, jetzt im vierten Lehrjahr bei den Anlagenmechanikern. Er steht mit fünf anderen Auszubildenden in der Pause fast immer in der gleichen Ecke. Ich geselle mich hinzu, weil mich die Auszubildenden begrüßen. Ziemlich unvermittelt fragt mich Vincent, ob ich von dem Unfall gestern auf der A3 gehört habe. Hatte ich nicht, da ich keine Lokalzeitung abonniert habe. Und sofort schickt er hinterher, dass bei dem Unfall zwei seiner Arbeitskollegen ums Leben gekommen seien. In der Firma hätten sie von dem Stau gehört und sich dabei gedacht, dass die beiden Kollegen wohl später zur Arbeit kämen. Stunden später sei die Polizei gekommen mit dem Nummernschild. Der Firmenwagen war völlig ausgebrannt. Einer sei 23 Jahre alt gewesen, der andere wäre nächstes Jahr in Pension gegangen. Das Wort „krass" kommt Vincent dabei ständig über die Lippen, und „plötzlich" und „tot". Er fragt mich, ob die Firma mit zur Beerdigung gehen solle. Die Sprachlosigkeit kommt durch, die Unbegreiflichkeit und das mitten im Pausengemurmel. Ich weiß nicht recht, was ich sagen soll. Ich ermutige ihn zur Beerdigung zu gehen, rede vom Tod, der jederzeit kommen könne und fühle mich überfordert.

Nach dem Unfalltod eines Auszubildenden im Dezember ist nun im Januar ein Schüler an Krebs gestorben. Auch seine Klasse wünscht sich eine Gedenkminute im Forum unserer Schule.

Ich stelle mir die Frage, was ich sagen kann, als Religionslehrer, als kirchlich Beauftragter in einem säkularen Umfeld. Der Grundgedanke soll sein: Hier war ein Mensch, der mit uns in der gleichen Schulgemeinde war, von vielen nicht bewusst wahr genommen, war er doch ein Teil unseres Lebens hier an der Paul-Kübel-Schule. Ich betone, dass es menschlich ist, seiner zu gedenken. Und ich lese den Text vor, der auf der Gedenkwand für den Schüler verzeichnet ist. „Eine Stimme, die uns bekannt war, schweigt, ..." Ein großes Schweigen in dem sonstigen großen Lärm unserer Schule. Die annähernd 300 Schüler mit Kollegen im Forum und im ersten Stock sind absolut still für eine Minute. Es ist ein Moment der Gemeinschaft, den man nicht „machen", aber „anbieten" kann. Ich weiß, dass kurz danach, wenn ich das „Danke" für das Schweigen gesagt habe, es wieder laut wird. Aber die Hoffnung, und auch eine Kollegin äußert mir das gegenüber, besteht, dass dieses Gedenken für alle eine Erfahrung war, die bleibt.

*

Brennen - verbrennen - ausbrennen

„In dir muss brennen, was du in anderen entzünden willst." Dieser Satz wird dem heiligen Augustinus zugeschrieben. Er mag stimmen, kann auf Dauer aber wohl zu einer Belastung werden.

Unbestritten gehören Lehrer zu einer der am höchsten belasteten Berufsgruppe. 38 Prozent der in einer Studie befragten Berufsschullehrer waren psychisch beeinträchtigt - der Vergleichswert in der Bevölkerung liegt bei 18 bis 24 Prozent.

Eines Tages ging nichts mehr. Die Zündung fehlte, der Motor versagte, kein Feuer mehr. Um 7.45 Uhr hatte mich mein Kollege Andreas Knauer in seiner vollen Ehrlichkeit ins Gesicht gefragt „Wie siehst denn du heute aus?"

Ich saß im Unterricht, vor mir 22 Schüler der 11 BST. Und ich wünschte mir das Ende herbei. Fast wie in Trance moderierte ich den Unterricht. Dann der Gong, und der Impuls, den ich noch spürte, hieß: weg!

Es wurde eine lange Abwesenheit von der Schule. Aber ich hatte wohl Glück. Ich hatte den inneren Ruf „weg!" wohl noch rechtzeitig gehört.

Als mir mein Psychotherapeut sagte, eine Erschöpfungsdepression dauere im Schnitt ein gutes halbes Jahr, wurde mir ganz anders. Ein halbes Jahr sollte ich diese Befindlichkeit aushalten? Es wurden gut vier Monate.

Das Leben vorwärts leben, und rückwärts verstehen. In der Erinnerung, als es mir langsam besser ging, wurde mir klar, dass es ein Konglomerat von verschiedenen Situationen war, die mich in diese Lage gebracht hatten. Und eine große Portion an Selbstüberschätzung. Ein Gefühl war da - als ob mein Lebensrohr, das mir sonst Energie gab, verstopft sei.

Nach zwei Monaten merkte ich erste Momente von einer Durchlässigkeit. Aber immer wieder verstopfte etwas. Es war ein Wechsel. Irgendwann dann die Hoffnung, dass nun alles wieder frei sei. Ein Tasten auf unsicherem Boden, Schritt für Schritt. Nicht übertreiben. Als ich den ersten Tag wieder in die Schule komme meint Sven, als er mich sieht: „Schön, dass Sie wieder da sind, Herr Fachinger." Was kann es Motivierenderes für einen Lehrer geben?

Die ersten Monate in der Schule arbeite ich auf 80%. Und vielleicht sollte ich es so belassen, denke ich dabei. Das Leben in der Schule macht wieder richtig Spaß.

*

Von Extremen

Die Anschläge in Paris beschäftigen mich auch in meinem Unterricht. In der 11 BI-1 war das Thema „religiöser Extremismus" durch Zufall für den neuen Block vorgesehen.

Ein erster Austausch zur Frage, was Religion extrem macht. Kadaj fragt dann ganz unvermittelt: „Welcher Religion gehören Sie eigentlich an? Sind sie nur gläubig oder Christ?" Die Frage überrascht mich. Ich sage, dass ich von meiner Herkunft her katholisch sei. Wie er sich vielleicht noch erinnere, habe ich katholische Theologie studiert. Er versucht seine Frage zu erklären. „Sie gehen tolerant mit anderen Religionen um. Ich habe mir immer vorgestellt, dass jemand, der zu einer Religion gehört, immer nur diese verteidigt und die anderen nicht gelten lässt." Die letzten Tage habe ich ein Zitat von Hölderlin gelesen. Ich sage sinngemäß, dass man das Eigene kennen und lieben muss, um das Fremde zu schätzen, oder sich darauf einzulassen. Und mich beschleiche immer ein wenig Neugier und Interesse beim Lernen an anderen Religionen.

Die Frage taucht auf, ob Gott denn mit mehreren Stimmen sprechen könne, wenn jede Religion von Gott scheinbar etwas anderes weitergebe. Das sei doch ein Widerspruch und auch ein Argument gegen Gott.

Ich meine, das sei kein Widerspruch. Wenn ich jetzt etwas sage, würden wahrscheinlich alle etwas anderes darunter verstehen oder sich eigenes vorstellen.

So stellte ich mir das auch mit dem vor, was Gott Menschen „sage". Jeder verstehe etwas anderes, und die Religionen hätten alle etwas anderes von Gott verstanden und wollten dies weitergeben.

Glauben die Religionen nicht an denselben Gott? Zufällig hatte ich am Abend zuvor noch davon gelesen, dass es im Koran ein entsprechendes Bekenntnis gebe. Auch die „Leute der Schrift" glaubten an den selben einen Gott. Und das Zweite Vatikanische Konzil meinte, dass Christen mit den Muslimen zu dem einen Gott beteten.

Es wurde eine extrem religiöse Stunde. Fragen nach der Bibel und deren Überlieferung kamen auf. Ein Schüler hatte von seinem Religionsunterricht noch im Ohr, dass die Bibel das am besten überlieferte Buch der Antike sei. Ich konnte es nur noch bestätigen.

*

Je suis homme

„Ihr Hurensöhne. Jeden Tag sterben tausende Muslime bei Anschlägen auf der Welt." Erschrocken blieb mein Blick an dem Satz hängen.

Hätte ich das ahnen können, als ich ein „Gedanken-buch" in das Forum legte? Neben eine digitale Installation, eine Leinwand mit gestalterischen Umsetzungen des Satzes „Ich bin Mensch" von Schülern.

Mit dem Kollegen Tom Stein war ich Monate zuvor nach dem Anschlag auf die Redaktion von „Charlie Hebdo" im Lehrerzimmer ins Gespräch gekommen. Tom unterrichtete im Gestaltungsbereich. Er war sehr erregt über die Morde in der Zeitungsredaktion. Angesichts der Situation fragten wir uns, was denn Menschsein bedeute. Was Extremisten und Terroristen in aller Welt taten, hatte mit „Mensch sein" in einem gewissen Sinne nichts mehr zu tun.

Im Rahmen des Lernfelds „Visuelle Kommunikation" ließ Tom seine Schülerinnen und Schüler in der Fachober-schule Gestaltung Logos zu dem Motto „Ich bin Mensch" entwickeln. Ich überlegte, eine Ausstellung mit den Schülerarbeiten zu organisieren. Tom hatte mir die Copyrights gegeben. Aber die Tage und Wochen gingen vorbei. Ich war mit anderem beschäftigt.

Nun war ein dreiviertel Jahr vergangen. Paris war wieder Ort schrecklicher Ereignisse geworden.

Eine Berufliche Schule ist immer auch ein Ort, an dem Schülerinnen und Schüler aus vielen Nationen, Kulturen und Sprachen zusammen kommen. 48 Nationen sind es an der Paul-Kübel-Schule.

So wurden diese ganze Woche nach den Pariser Anschlägen die Arbeiten der Schüler aus dem Gestaltungsbereich gezeigt. Neben der Leinwand stand die Schulkerze und ein kleiner Tisch. Darauf lag das „Gedankenbuch". Ein Wagnis von mir, ich wusste es.

*

Schülers Erkenntnis in social media

„Die schicken mir auf Facebook die falschen Nachrichten!" Wenn es diese Erkenntnis schon ist, und sie zu Herzen genommen wird, ist das vielleicht schon etwas wert.

Es ging um den Jahresrückblick 2015. Ich mache das ganz gerne zu Anfang eines neuen Jahres in Form eines Quiz. Das Lernen aus der Vergangenheit hat eine religiöse Komponente. Gerade die Dimension der Erinnerung spielt im Christentum eine große Rolle.

Fahed also hatte falsche Nachrichten empfangen. Da sind allerdings schon einige Quiz- und Spielrunden gelaufen, und seine Gruppe liegt hoffnungslos hinten. Von dem Anschlag in Beirut am 13.11.15 hatte nicht nur er nicht gehört, auch nicht von der Abhörliste des BND, oder von Barak Obamas Gesang des „Amazing grace" auf der Trauerfeier nach einem Massaker in einer Methodistenkirche.

Welche Nachrichten sehen, hören, lesen meine Schüler?

*

Grenzen meiner Geduld

Ungeduldig werden kann ich, wenn Schüler sich nicht auf meinen Unterricht einlassen. Nicht wegen mir, sondern „Religion halt". Da werde ich zunehmend intolerant. Diesen Spruch, so sagte ich es neulich auch einer Auszubildenden, die ihn nach einer von ihr nicht so erwarteten Zeugnisnote los wurde, kann ich nicht mehr hören. Und da war auch eine Portion Verärgerung in meinem Ton. Was die Auszubildende veranlasste, ein paar Tage später bei mir um Entschuldigung zu bitten. Das habe ich dann auch getan.

Auch Jochen habe ich in dieser Woche ziemlich abgekanzelt. Da gibt es eine Leier, die ich von ihm kenne, seit er in diesem Schuljahr bei mir im Unterricht sitzt. „Ich bin Atheist. Religion ist Mist." Die Konfirmation hat er aber erfolgreich bestanden, auch wenn der Pfarrer ihm wohl gehörig auf den Senkel ging. Nun ist er 19 Jahre alt, und für einen Berufsfachschüler im ersten Schuljahr eigentlich schon zu alt. Die meisten sind im ersten Berufsfachschuljahr

15 oder 16 Jahre alt. Er sei in Elektrotechnik sehr fit, meint der Fachkollege Matthias Klein, aber eben auch ein wenig arrogant. Diese Arroganz merkte ich, als ich auf Anfrage der Klasse die Wahl zum Klassensprecher durchführte. Nach der Sammlung von Kriterien, die ein Klassensprecher erfüllen sollte, hatten sich fünf Schüler zur Wahl gestellt; darunter auch Jochen. Auch bei der Stellvertreterwahl erhielt er nur jeweils eine Stimme.

Er pflegt das Image, dass die Klasse ihn nicht verstehe. So war ich ziemlich ruppig zu ihm, als bei dem Thema „Glaube und Wissenschaft" wieder die gleiche Leier kam, er hätte da seine Vorstellungen, ich würde ihn nicht verstehen, bzw. keiner in der Klasse würde ihn verstehen. Als in seiner Argumentation dann noch davon die Rede war, dass die Presse lüge, und dieser „Lügenpressen"-Begriff mir nicht nur wegen der AfD zuwider ist, war ich wohl innerlich am Ende. Sicher hat er eine gewisse Intelligenz, gerade wohl auch im Elektro- und mathematischen Bereich. Aber Intoleranz oder Ignoranz ist etwas, das ich schwer verstehen kann.

*

Meine Muslime

Ich weiß nicht, ob ich in den vom so genannten „Islamischen Staat" geprägten Zeiten richtig mit meinen muslimischen Schülern umgehe.

In der Elektrikerklasse im ersten Lehrjahr wird das Thema „IS" quasi per Akklamation für meinen Religionsunterricht gewählt. Von verschiedenen Seiten her versuche ich, Informationen und Hintergründe zu vermitteln, auch religiöse Bezüge herzustellen. Zum Abschluss der Einheit finde ich zufällig eine Woche zuvor den Bericht über einen 17-jährigen Deutschen, der sich dem „Islamischen Staat" anschloss und dann wieder ausstieg. Insgesamt fünf muslimische Schüler sitzen unter den 27 Auszubildenden. Das Unterrichtsgespräch verläuft ruhig. Salih meint, dass eine gute Familie den Jugendlichen davor bewahrt hätte, nach Syrien zu gehen. Hussein verweist auf den gern von muslimischen Schülern gebrauchten Satz aus dem Koran. „Es gibt keinen Zwang in der Religion." Zugleich sagt er aber auch, dass es in Moscheen Imame gebe, die falsche Dinge über den Islam erzählten.

Andere Schüler bringen die „westlichen Werte" ein, welche wichtig seien. Als ich nachfrage, was damit gemeint sei, melden sich nur wenige: Konsum, Freiheit, Demokratie. Wissen sie wirklich, was Demokratie und ihr Wert bedeutet, nach drei Wahlen, bei denen rechtspopulistische Parteien in die Landtage gewählt wurden?

Auch die muslimischen Schüler sprechen davon, dass diese Werte doch mit dem Islam vereinbar seien. Ich weiß es nicht so genau. Manchmal bin ich hier optimistisch, manchmal nicht. Als das Wort „Bildung" fällt weiß ich, ja, das ist es. Zum Verstehen braucht man auch Bildung.

Da bin ich wieder beim Koran, aber auch bei jeder Religion und Weltanschauung. Vom Koran selbst heißt es, er wolle verstanden werden, nicht blindlings befolgt. Wie auch Gott nach der Bibel geliebt werden will: Mit ganzer Seele, ganzem Herzen und allem Verstand. Alle wollen sie verstanden werden, alle müssen verstanden werden können. Es geht immer ums Verstehen.

So klar wie ich es heute von den drei muslimischen Schülern in der 10 BFM hörte war mir das nicht. Ich und alle anderen nicht-muslimischen Schüler seien irregeleitet. Wir hatten einen Teil des Films „Mein Bruder - der Islamist" geschaut. Sie würden es so sehen, sie müssten das so glauben. Auch wenn Karim betonte, dass er selbst auch wohl in der Hölle landen würde, weil er Alkohol zu sich nehme und nicht alle Gebote beachte. Es sind drei nette Schüler, aber in mir kam der gleiche Gedanke auf, den im Film der Halbbruder des Islamisten hatte: es machte ihn traurig, dass sein Bruder ihn so sehe, als Ungläubigen. Und mir wird klar, wo der Unfriede herkommen kann - auch von den Religionen.

In der nächsten Stunde habe ich Besuch von Schwester Hortencia aus El Salvador. Sie arbeitete lange mit Jugendlichen, die in gewalttätigen Verhältnissen groß werden. Vor den beiden Klassen spricht sie von der Wichtigkeit der Würde jedes Menschen. Als wir später beim Mittagessen zusammen sitzen, bestärken wir uns in dem Gedanken, dass zuerst der Mensch komme, dann erst die Religion. Die Religion, wenn sie als Institution auftritt, scheint mir ein Hinderungsgrund am Frieden der Welt sein zu können. Eine Einheit der Menschheit? Ein Ziel von Kirche? Sie scheint nicht so einfach. Ein Tag mit widersprüchlichen Eindrücken mitten im Advent.

Ich gehe mit dem Kollegen Manfred Hirschfeld zum Mittagessen. Auf dem Weg über den Pausenhof grüßen die ein oder anderen Schüler. Auf einer Bank sitzen vier Schüler aus der 10 BST-2, die wissen wollen, ob die Zusatzarbeit, die sie gemacht hatten, angekommen sei, und wie die Noten ausschauten.

Da spricht mich Mohammed an und fragt, ob ich das mit Palästina mitbekommen hätte. Das sei doch schlimm, was da passiere. Ich bejahe. Dann fängt er an, von der zionistischen Verschwörung zu reden und er sei für Palästina. Mich beschleicht der Gedanke, dass da jemand auf irgendeine Art und Weise als Muslim indoktriniert wurde. Denn er setzt zu einer Argumentation an, die ich nicht nachvollziehen kann. Auch Juden glaubten an eine jüdische Verschwörung gegen die Welt.

Ich erlebe, wie schwer es ist, Wahrheit von Fiktion oder Annahmen zu unterscheiden, die als Verschwörung daherkommen. Es ist schwer, komplizierte Wahrheiten auszuhalten, wenn es doch einfache gibt.

*

„Ist Religionsunterricht an der Berufsschule notwendig?"

Der Zwischengong läutete die zweite Hälfte der zweiten Doppelstunde in der neuen 10 BI-1 ein. Wir hatten gerade das Arbeitsblatt „10 Ja-/Nein-Fragen" abgeschlossen als sich eine Diskussion über den Sinn von Religionsunterricht in der Berufsschule entspann. Ich wollte eigentlich zum ersten

Unterrichtsthema übergehen, merkte aber gleichzeitig, dass anscheinend Rede- und Klärungsbedarf da war. So schlug ich für die nächste Stunde vor, eine Pro-/Contra-Diskussion durchzuführen, mit zwei einigermaßen paritätisch besetzten Gruppen. Ich würde ein kurzes Eingangsstatement abgeben mit derzeit gängigen Argumenten für den Berufsschulreligionsunterricht von Seiten der verschiedenen Interessensgruppen in einer Berufsschule.

In der darauffolgenden Woche erhoffte ich mir natürlich durch meine Argumentation ein breites Verständnis für den Unterricht. Eine vorab durchgeführte Abstimmung, welche Noah als Moderator anleitete, brachte eine knappe Mehrheit gegen Religion. Dann begannen die Vorbereitung und Durchführung der Pro-/Contra-Diskussion. Am Ende stand eine offene Diskussion.

Lucas: ... Man denkt, man geht da hin und man wird dann plötzlich wieder mit christlicher Religion indoktriniert, was man eigentlich gar nicht will, weil man es schon vor 10 Jahren in der Schule abgewählt hat. Es wäre dem Ganzen viel besser gedient, wenn man das Sozialkunde oder Gemeinschaftskunde nennen würde und das mit der Religion einfach mal außen vor lässt oder Religion dann höchstens wertfrei diskutiert als eine Option von vielen. Und nicht so, dass man indoktriniert wird von der Religion des Lehrers.

Felix: Ich will noch mal auf den Punkt von dir gehen, der mit dem Alter, dass wir uns da schon entschieden haben. Es kann ja trotzdem durch irgendwelche Zwischenfälle dazu kommen, dass du auf einmal doch wieder gläubig wirst und dass du vielleicht froh bist, dass du's in der Schule gelernt hast, z.B. wie du damit umgehen sollst. Und ich sage mal, das gehört auch zum Allgemeinwissen. Da sollte niemand drauf verzichten.

Tim: Ich wollte noch zum Thema Zeitverschwendung was sagen, weil es hieß, es wurde schon so oft durchgenommen, und es sei jetzt unnötig, das noch mal zu machen. Für mich persönlich war es so, dass dreiviertel der Zeit, in der man Religion durchgenommen hat, man irgendwie noch gar nicht so man selbst war, so dass man sich eine Meinung hätte drüber bilden können. Von der Grundschule her war das so, sag ich jetzt mal: der Teller wurde vor die Nase gestellt, man musste essen, und mit der Zeit mit dem Alter ist es dann so, dass man sich eine eigene Meinung bildet und auch mal die Sachen hinterfragt und wieder ganz neue Perspektiven kriegt. Ja und deshalb würde ich nicht sagen, dass das immer dasselbe ist und dass es immer drauf ankommt, wie man Dinge betrachtet. Es kann ja sein, dass ich in meinem ganzen Arbeitsleben total gläubig werde, weil spezielle Dinge passiert sind, wo ich dann einfach denke, ja, das grenzt schon an Wunder oder sonst was. Das mit der Religion ist eher positiv.

Daniel: Ganz ehrlich, so Religion, ich hatte Religion zehn Jahre und ich brauche es eigentlich nicht mehr. Ich hab meine Meinung darüber gebildet und es war schön. Wir haben viele Sachen gehört. Neueste Themen ansprechen, politisch oder so, das machen wir in Powi, dann ist das so, dann denke ich mir, ich brauche eigentlich kein Religion.

Tim: Du kannst ja nicht sagen, ich habe zehn Jahre Reli gehabt und schließe das Thema ab.

Daniel: Ja, aber aktuelle Themen, die besprichst du doch auch in Powi, das Politische und so.

Tim: Ich meine, ja, deswegen, du kriegst ja neue Denkansätze, Perspektiven, wie du die Dinge betrachtest. Es kann ja sein, dass du in zehn Jahren anders denkst. Das weißt du ja jetzt nicht.

Felix: Politische Themen sind ja oft mit religiösen Themen verknüpft und wenn du da nicht darüber Bescheid weißt, wie willst du darüber diskutieren.

Noah: Ich finde Argumente dafür, ich finde Argumente dagegen. Um jetzt erst mal beim Pro zu bleiben. Ich sage mal, Reli tut niemanden weh, also man nimmt immer etwas mit und wenn du im schlimmsten Fall jetzt nichts im Reliunterricht mitnimmst, du verschlechterst dich ja nicht in irgend etwas, es ist ja nicht so, dass dir ein Bein fehlt oder keine Ahnung was, es tut niemandem weh, wie gesagt. - Auf der anderen Seite, als Contra, ich sag halt, ich bin selbst bei der Bundeswehr gewesen. Und bei der Bundeswehr habe ich mich für einen Einsatz gemeldet, und da hatten wir dann Reli auch noch einmal gehabt, weil wir da diesen Einsatz hatten. Da war ne ganz andere Motivation dabei, weil es mich persönlich auch irgendwie getroffen hat. Das kann in einer Situation auch irgendwie überlebenswichtig sein. Das finde ich dann einen ganz anderen Zusammenhang, als wie wenn es in der Berufsschule verwendet wird. Weil hier brauche ich es für den Beruf nicht wirklich.

So schloss Noah und setzte noch einmal eine Abstimmung an. Die Contra-Seite gewann eine Stimme dazu.

*

„Warum überhaupt Religion?"

Ein neuer Lehrplan für die Beruflichen Schulen schlägt den Lernbaustein „Frei Zeit gestalten" vor. In der Klasse 10 BI-2 gehe ich ihn dieses Schuljahr an. Wir kommen zu Zeiten von Trauer. Philip ist Ende zwanzig und hatte bei der Vorstellungsrunde vor einigen Monaten davon erzählt, dass er einige Jahre bei der Bundeswehr war. Ich sage, dass Menschen Trauer jeweils anders verarbeiteten, und es einen gewissen Prozentsatz von Menschen gebe, die relativ schnell ihre Trauer verarbeiteten. In einer Fortbildung hatte ich den Ausdruck der „Linksgestrickten" dazu gehört. Im letzten Jahr seiner Bundeswehrzeit starb Philips Mutter nach längerer Krankheit. Nun erzählt er, wie er 4 Wochen krank geschrieben worden sei, eine ganz schlimme Zeit sei das gewesen. Zuhause zu sitzen, sein Vater sei arbeiten gegangen, und er mit seiner Situation allein. Während er erzählt herrscht atemlose Stille.

Noch in der gleichen Doppelstunde entsteht eine Diskussion über die Zeit des Ehrenamts. Auf der einen Seite steht die Meinung, dass „der Staat" doch all diese Aufgaben übernehmen müsse. Auf der anderen Seite erzählen Schüler von ihren eigenen guten Erfahrungen im Ehrenamt, wie sie etwas bewegen konnten.

Ich erinnere mich an eine Kolumne, die ich für ein Lokalblatt geschrieben habe. Die Frage „Warum überhaupt Religion?" hatte ich sie überschrieben:

„Als Katholik/in ist man häufiger mit der Frage konfrontiert: warum überhaupt noch Kirche? In einer Beruflichen Schule stellt sich die Frage noch radikaler. Da wird von beruflichen Schülern oft gefragt, warum es überhaupt noch Religion gebe. Und damit ist auch die konkrete Frage verbunden, was Religion(sunterricht) denn mit und in Beruflichen Schulen verbinde und zu suchen habe. Berufliche (Aus-)Bildung orientiere sich doch schließlich an dem Leitziel der so genannten ‚beruflichen Handlungskompetenz'.

Um diesen Begriff genauer einzuordnen muss man wissen, dass in den letzten Jahren die neuen Lehrpläne und Rahmenrichtlinien in allen Schulformen ‚kompetenzorientiert' formuliert sind. Das Wort Kompetenz soll verdeutlichen, was Schülerinnen und Schüler genauer in den Schulen zu erreichen und zu lernen haben: Sozialkompetenz, Urteilskompetenz, Methodenkompetenz, Lernkompetenz, Entscheidungskompetenz, usw.

Bei allen formulierten Zielen, wie hier den zu erwerbenden Kompetenzen, stellt sich jedoch immer die Frage, wie diese zu erreichen sind.

In den Beruflichen Schulen stellt sich die Frage, was denn mit ‚beruflicher Handlungskompetenz' genau gemeint und wie diese zu erreichen sei.

Ein Metallfachlehrer könnte für seine auszubildenden Industriemechaniker beispielsweise antworten, sie sollten die Wartung einer Ständerbohrmaschine beherrschen. Viele andere Beispiele und konkrete Kompetenzen ließen sich hier noch nennen.

Aber ob das alles reicht, um am Ende von drei oder dreieinhalb Jahren einen Auszubildenden mit der Gesellenprüfung ins Leben zu entlassen? Kann sich eine ‚berufliche Handlungskompetenz' allein auf technische und handwerkliche Fähigkeiten beschränken? Man kann diese Frage mit Ja beantworten.

Auf der anderen Seite jammern viele Betriebe, dass ihre Auszubildenden zu wenig Sozialverhalten zeigten. Sie bräuchten, gerade wenn sie mit Kunden im Außendienst zu tun hätten, eine Orientierung an gesellschaftlichen Normen und Werten.

Was hat das mit Religion zu tun? Die Kirchen, auch wenn sie sich ansonsten eher wenig um den Religionsunterricht an Beruflichen Schulen kümmern, sehen hier eine Aufgabe von (christlicher) Religion. In Stellungnahmen wird immer wieder betont, dass im Berufsschulreligionsunterricht jungen Menschen Werte und Orientierung angeboten würden. Und auch Vertreter von Handwerk und Arbeitgeberverbänden sehen hier eine wichtige Aufgabe von Religion(sunterricht).

Ob das ausreicht - in vielerlei Hinsicht? Ist Religion allein zuständig für Werte und Orientierung? Der katholische Theologe Johann B. Metz meinte einmal, die kürzeste Definition von Religion sei ‚Unterbrechung'."

*

Max Schmole

Max Schmole saß neben Peter Ross. Dieser war äußerst kommunikativ. Schon im Beruflichen Gymnasium hatte ich ihn Jahre zuvor unterrichtet und er hatte bei mir eine mündliche Abiturprüfung abgelegt.

Max war zurückhaltender, nicht ganz so kräftig wie Peter. Er fiel zunächst wegen seines sächsischen Dialekts auf; ein immer, oder zumindest meist freundlicher, strahlender Schüler, mit guten Beiträgen zur Diskussion; ein wenig kräftig, ein leicht rundliches Gesicht mit einer etwas zu großen Brille auf der Nase.

Nachdem Peter Ross, sein immerwährender Banknachbar, seine Prüfung im dritten Lehrjahr vorgezogen hatte, saß er manchmal etwas verloren auf seinem Platz am linken Rand meines Religionsraumes.

In diesem vorletzten Unterrichtsblock des dritten Lehrjahres - kurz vor den Abschlussprüfungen - war er eher unauffällig im Unterrichtsgeschehen, beteiligte sich ganz selten.

Heute ging es um „illusionslosen Optimismus". Einen Vertreter dieser Richtung, Matthias Horx, stellte ich kurz vor: sein „Zukunftsinstitut" und eine zehn Folien umfassende Kurzpräsentation, wie es zu einer „future mind" kommen könne.

Max äußerte kurz, dass Religionsunterricht in der Berufsschule gut sei, weil man hier frei seine Gedanken äußern könne. In POWI würden seine Gedanken vom Fachlehrer immer abgeblockt.

Schließlich ging es um ein neues „Wir"-Gefühl in der Gesellschaft. Als Max kurz äußerte, dass er das nicht so positiv sehe, kam von Christoph Barion gleich eine Reaktion. „Ach Max, du immer mit Deinem Pessimismus." Ich ergänzte wenig später, dass ich allen in der Klasse trotz alledem einen „pragmatischen Optimismus" empfehle. Den Begriff hatte ich wenige Tage vorher in einem Zeitungsartikel zu Al Gores Statement bei einer TED-Konferenz gelesen.

Mein optimistischer Hinweis hatte wohl etwas in Max ausgelöst. Nachdem Sedat das Klassenbuch mitgenommen hatte, stand er an meinem Schreibtisch.

Er werde in der Klasse seit vergangenem Jahr als Pessimist abgetan. Seiner Zeit habe er von einem pakistanischen Freund die Augen geöffnet bekommen: wie die Welt sei, wer sie regiere, wie alles funktioniere, und daher sei er so pessimistisch. Aber eigentlich sei er es auch nicht, er sehe durchaus optimistische Ansätze. Und dann nerve es ihn ein wenig, dass in der Klasse die meisten nicht diskutieren wollten, sondern alles über sich ergehen lassen würden.

Zu seinen Erkenntnissen fiel mir zunächst nur ein, dass man die Wahrheit ja nie im Ganzen erkennen könne, immer nur Stückwerk. Und dass er bei den Erkenntnissen seines pakistanischen Freundes auch das in Rechnung stellen müsse. Mir fiel dann die - ich meine indische - Erzählung von den Blinden und dem Elefanten ein. Sie sollten einen Elefanten beschreiben. Der eine erkannte einen Baumstamm (das Elefantenbein), ein anderer erkannte eine Schlange (den Elefantenrüssel), der dritte erkannte ein Segel (das Elefantenohr), usw. Alle meinten, die Wahrheit zu erkennen, aber sie ergab immer nur einen Teil der ganzen Wahrheit, in dem Fall des ganzen Elefanten.

Die Erinnerung an Fabian kam hoch. Auch er ein Auszubildender als Fachinformatiker, auch er ein sächselnder ostdeutscher junger Mann. Immer sehr schnell im Sprechen, dessen Kopf dabei auch rot werden konnte, wenn er engagiert redete. Anfang des dritten Lehrjahres hatte er mir eine Liste mit Websites zum 11.9.2001 gegeben. Es sei alles eine Verschwörung. Auf diesen Websites seien dazu erdrückende Beweise zu finden. Auch er ein junger Mann, der sucht. Suchen ist gut. Und wenn der Religionsunterricht ihnen dabei vielleicht einen Anstoß gegeben haben sollte, ist es auch gut. Ich wünsche Max frohe Ostern.

*

Das Ende ist nahe

Die Sintflut ist hereingebrochen. Doch es erging vorab keine Anweisung, eine Arche zu bauen.

Einige Wochen vor meinem Abschied von der Schule, Montagmorgen, die mündlichen Abiturprüfungen beginnen, der Fußboden meines Religionsraums steht fast 1 cm unter Wasser. Er soll wieder Vorbereitungsraum für die mündlich zu prüfenden Abiturienten sein. Eine Pfütze erstreckt sich auch auf dem Schreibtisch rund um Bildschirm und Tastatur. Aus der Decke war über Nacht Regenwasser durchgedrungen.

Inmitten dieses Raums, in dem mittlerweile der Abteilungsleiter den Boden wischt und Wasser aufnimmt, sitzt Kollege Kuschel. Er hat heute morgen hier die Aufsicht zu führen. Als ich um 8 Uhr meinen ersten Prüfling für die mündliche Prüfung in katholischer Religion abholen will, begrüßt er mich mit den schlichten Worten „Dein Raum ist nass." Inmitten dieser Nässe hat er die letzten trockenen Flecken ausfindig gemacht, auf denen er seine Unterlagen und seinen Laptop ausbreiten kann. Vielleicht hätte Kollege Kuschel noch das „Somewhere over the rainbow" mit einer Ukulele in den Händen singen sollen. Die Sintflut - war da nicht was?

In meinem zweiten Jahr an der Schule hatte ich Said, einem Berufsfachschüler einmal erwähnt, wie viel ich in der Schule zu tun hätte. Da fragte er mich zurück, ob ich nicht „wieder gerne Mönch" sein wolle. Ich wusste in diesem Moment, was er meinte. Nein, ich war gern an dieser Schule.

Ich schließe die Tür.

Ich brauche keinen Schlüssel dazu zitternd aus meiner Tasche herauszuholen. Und muss auch nicht den passenden finden. Die Tür an meinem Religionsraum geht von alleine zu. Nach 11 Jahren.

Es ist keine heilige Zahl, denke ich. Es ist eine närrische Zahl. Manches war närrisch in dieser Zeit habe ich vor wenigen Tagen bei meiner Verabschiedung in der Gesamtkonferenz gesagt. 11. Zur heiligen Zahl 12 - 3 mal 4 - fehlt ein Jahr. Ich könnte die Zahlen der irdischen und himmlischen Vollkommenheit - 4+4+3 - zusammen zählen. Und weiß doch, da ist manches unvollkommen geblieben. In allem, was ich an dieser Schule versucht habe.

Später lese ich von der biblischen, geistlichen Bedeutung der Zahl 11, „welche das Maß der Verantwortlichkeit übersteigt". Ich gebe also meine Verantwortlichkeit zurück.

Gesichter von Schülerinnen und Schülern ziehen an mir vorbei, darunter auch jene, die in diesen 11 Jahren gestorben sind. Kolleginnen und Kollegen, auch darunter nun mancher Tote. Und da sind die Freunde im Kollegium. Mein Blick geht in das Forum, jenen hellen Raum in der Mitte dieser Schule. Hier habe ich manches Mal mit einem Mikrofon in der Hand auf einer Bühne gestanden, bei Adventbesinnungen, bei Gedenkfeiern.

Der in vier kleinen Terzen hüpfende Schulgong beendet die Pause. Die Schüler schlurfen die Treppen hoch. Ich bleibe an der Balustrade stehen, schaue auf die sich bewegenden Schülerströme und wünsche ihnen allen ein gutes Leben.

Vielleicht ist es eine unmögliche Hoffnung, die ich am Ende habe. Wenn ich mir all die Auszubildenden, die Schülerinnen und Schüler der vergangenen 11 Jahre vergegenwärtige, dann meine ich nur wenige wirklich fiese und bösartige (und selbst diese Bezeichnung würde ich relativieren) unter ihnen erlebt zu haben. Vielleicht ist es eine unmögliche und naiv ausgesprochene Hoffnung von mir zu sagen, dass die Menschen doch besser sind als sie selbst und von anderen glauben.

*

Epilog

Vier Monate später treffe ich mich mit dem befreundeten Kollegen Daniel Jordan an der Paul-Kübel-Schule. Ein Gefühl des Heimkommens überfällt mich.

Auf dem Parkplatz der Schule stehend kommt eine Gruppe von drei jungen Männern auf uns zu. Es ist früher Nachmittag, der Unterricht für die drei wohl zu Ende. Ich erkenne zwei Auszubildende wieder, aber die Namen wollen mir nicht einfallen. „Hallo, Herr Fachinger." sagt einer. Wie hieß er nochmal? Natürlich, Hüseyin. Vier Jahre muss es her sein, seit ich ihn in der 10 BST-1 unterrichtet habe. Er war der einzige Schüler, der meine Geduld so lange strapaziert hatte, dass ich mit ihm am Ende eines Streitgesprächs vor der Tür des Rektors stand. Dann lenkte er ein und ging mit mir zurück in den Religionsraum.

Als ich später nach Hause komme schaue ich in meinen Unterrichtsplaner jenes Jahres. Am Ende des 1. Halbjahres hatte ich ihm eine „4-", am Ende des 2. Halbjahres eine „5" in Religion gegeben. Er verließ die Schule, ein Jahr später begann er eine Ausbildung als Anlagenmechaniker. Er dürfte jetzt im dritten Lehrjahr sein.

„Kennen Sie mich noch? Ich bin nicht mehr Religionslehrer an der Paul-Kübel-Schule." - „Klar. Wissen Sie noch, als wir damals Fußball gegeneinander spielten?" Ja, die Orientierungstage im Haus Franziskus. Kollege Knauer hatte sich beim abendlichen Fußballspiel eine Muskelverletzung zugezogen. Hüseyin war in der gegnerischen

Mannschaft. Er hatte, wie die anderen Schüler auch, das Fußballspielen sehr ernst genommen. Die drei gehen jetzt an mir vorbei.

„Ich werde Sie nicht vergessen." ruft Hüseyin mir nach. „Ich Sie auch nicht." rufe ich zurück.
Vielleicht meinte ich alle.

Inhalt